La casa del placer

ZOÉ VALDÉS

LA CASA
DEL PLACER

XXXV PREMIO JAÉN
DE NOVELA

ALMUZARA

BanKia

CAJAGRANADA
FUNDACIÓN

El Premio Jaén de Novela es convocado y patrocinado por Bankia y CajaGranada Fundación. En la presente edición el Jurado estuvo integrado por Celia Santos García (en calidad de presidenta), Anna Grau Arias, Jesús Nieto Jurado y Javier Ortega Posadillo.

© Zoé Valdés, 2019
© Editorial Almuzara, s.l., 2019

Primera edición: noviembre de 2019

Editorial Almuzara • Colección Novela
Edición de Javier Ortega y Ángeles López
Director editorial: Antonio Cuesta
Diseño y maquetación: Ana Cabello
www.editorialalmuzara.com
pedidos@almuzaralibros.com - info@almuzaralibros.com

Imprime: Black Print
ISBN: 978-84-17954-19-2
Depósito Legal: CO-1587-2019
Hecho e impreso en España-*Made and printed in Spain*

A Sócrata y a Valérie Dumeige

Él fue al espejo y se estuvo contemplando
hasta que le dolieron los ojos.
Entonces decidió pintar su último autorretrato…
Mario Vargas Llosa.

Podía dentro de mi sueño imaginar
el espacio encima de mi cabeza, la bóveda celes-
te, ninguna prisión donde asfixiarse.
Mi cueva era el Espacio, la Libertad.
Paul Gauguin.

Índice

Preámbulo

El dedo pequeño le vibró en un tic, la mano se disparó sola a temblequear en un compás desenfrenado, ya no podía enorgullecerse del pulso firme y de la otrora precisión de sus dedos. Consiguió ubicarse a duras penas en el centro del recinto.

Ahí está, frente al mohoso y empolvado espejo, confrontado al azogue enmarcado en forma de luna cagado de moscas; en ese allí impalpable que le proporciona una persistente imagen suya. Obediente, y obligado a retroceder a las gelatinosas sombras del pasado. Observándose la flaquencia, el estrepitoso deterioro, un cuerpo quejoso devorado por la quemante osamenta. Y, todavía deseoso.

Empezó a estudiar con lentitud su carne y osamenta, de abajo hacia arriba: las uñas de los pies grisáceas, descalzo encima de una esterilla tejida con henequén o algo parecido, los calcañales resecos y agrietados, las piernas purulentas con sus eternas cicatrices oscuras, las rodillas huesudas y renegridas, los ajados muslos escamosos, el sexo enhiesto —sí, su miembro viril era lo único en él que no había perdido vigor, y hasta gozaba a ratos de un enérgico y tenaz frenesí— aunque se le había tornado de un color verdoso, betuláceo; el vientre abultado… El costillar marcaba su piel como agujas o espadas clavadas desde adentro hacia fuera, las tetillas arrugadas y hundidas, las venas de los brazos demasiado pronunciadas conformaban una carta geográfica de insólitos riachuelos, las manos enrojecidas por un salpullido escamoso, las uñas carcomidas y abiertas, estropeadas por los bordes, la carne porosa del cuello revestida de una repelente granulosidad —lo que llaman carne de gallina—, el mentón que había lucido tan pronunciado y firme se había ido retrayendo hacia una especie de llaga o postilla apergaminada, la boca escurrida en una arruga recta, las mejillas enjutas, párpados abultados y también de un tono bilioso, cetrino. Ojos vidriosos y un poco saltones, frente marchita y afiebrada, pelo ralo cundido de canas amarillentas como gajos de arándano. Una nata en el alma.

Ahí se hallaba dispuesto, listo para recomenzar su autorretrato inacabado. Sería quizá un soberbio desnudo; sí, pensó, un estridente desnudo, y desvestiría más su alma que su cuerpo. Un desnudo absoluto, completo, de su vida, de su voluble y enajenada vida. Empezaría con un pequeño dibujo, solo un boceto en una cartulina sepia, de aquel extraño rostro.

Había llegado el momento en que su físico reclamaba ese autorretrato, el de su enfermedad y repentina vejez. Todo en él era virtuosa pintura, porque todo en él era tierra palpable, pura tierra rugosa, y mucho más ahora que las fuerzas físicas lo abandonaban y el espíritu imponía su resistencia.

Pronto cumpliría cincuenta y cinco años, y sus deseos continuaban intactos. El deseo de pintar, el deseo de amar y toquetear a una diosa púber, el incontrolable deseo onanista de desearse a sí mismo. Deseoso de su cuerpo, deseoso de sus proféticas visiones, deseoso de la azarosa aventura. Aunque, moribundo.

De súbito, una nube densa opacó sus ojos, una nube guindada en el interior, en lo más recóndito y estrujado de su cabeza. Como si un pañuelo de crujiente seda salvaje se estuviera anudando en los vericuetos de su sórdida sesera. Tambaleó, el cuerpo en un hilo. Temió caer y golpearse, apoyó su costado en el caballete, sintió demasiada fragilidad para empezar otra vez a trabajar. Boca reseca, la garganta cerrada, la respiración entrecortada. Con la exangüe fuerza que le quedaba retornó al lecho. Al camastro revuelto, desvestido de sábanas sudadas y húmedas, marcadas con rosetones sanguinolentos.

—El lecho de un mísero abandonado —musitó.

Recostado en la cabecera de piedra, tomó la jeringuilla de la bandeja de madera situada en el mueble junto a la cama, la llenó de morfina, agitó el tubo, luego la clavó en el antebrazo y empujó con fuerza. El dolor de las heridas en las piernas era tan tenaz que nada podía doler más que aquellas úlceras. Nada dolía ya, salvo las pústulas de sus maltrechas piernas. Bebió varios sorbos de láudano de un tarro cobrizo, sintió como si el esófago se cristalizara en esquirlas, y tumbó su cabeza hacia atrás, encima del almohadón, enfrascado en esperar el alivio. A eso se resumía su existencia, a aguardar el sosiego y calmar el suplicio provocado por la enfermedad.

Durante el día había arremetido un calor intenso, pero ahora, al atardecer, desde el río o quizá desde la cresta del acantilado llegaba una agradable ventisca que refrescó a través de los agujeros el ardor de su rostro y ventiló los recovecos de la casa. Pese a que las ventanas se mantenían herméticamente clausuradas el frescor se colaba por algunas rendijas y roturas.

Cerró los ojos suponiendo a lo que nuevamente se exponía, a esa nada aburrida y pesarosa.

Contempló hacia dentro de sí mismo, hacia sus recuerdos; hacia aquel hombre de éxito que había sido: banquero, agente de bolsa, financista. El mismo sujeto que a la edad de treinta y un años decidió realizar el gran sueño de su vida: convertirse en pintor.

Sí, pese a tener a todos en contra, se dedicó a pintar con ahínco. Cambió sus elegantes e impecables trajes por aquellos trapajos pintarrajeados que asustaron tanto a su esposa danesa, la madre de sus cinco hijos. Mette-Sophie Gadd. Descalzó los ajustados y lustrosos zapatos de cuero pulido y empezó a andar descuidadamente con los pies embutidos en unos toscos zapatones de madera, aquellos espantosos zapatones *suecos* dentro de los que sus pies bailaban, que hacían un tremebundo ruido al pisar sobre el baldosado lustroso. Y que sacaban de quicio a su estirada mujer.

Aquel hombre, y éste de hoy, fatigado y enfermo, ambos reunidos ahora en el sencillo acontecimiento de sellar momentáneamente los párpados, habían decidido batirse contra el mundo por alcanzar el sueño, por triunfar con su único anhelo, llamado arte, y por su libertad. La libertad de elegir el salvajismo frente al perenne aburrimiento de una sociedad pulcramente acorralada por estrictas y estúpidas convenciones. La libertad de renunciar a sus orígenes y de ampararse bajo otra cultura, otra creencia, otra realidad, en un desinterés total por su propia identidad. La libertad de refugiarse en una desenfrenada carnalidad y en pueriles incoherencias de hombre incivilizado. Al rato, lacró también su mirada hacia el interior, acto que le obligó a intensificar la percepción de los sonidos, extraviados en medio del vasto silencio: este aterrador mutismo del presente. Este escozor hiriente.

Oyó cuerpos que se frotaban entre sí, montones de cuerpos borrosos y cubiertos de barro que friccionaban sus carnes, acompasados en medio de retumbantes gemidos; también el ruido de los pasos en la hojarasca de bultos pesados y voluptuosos que se escabullían entre los árboles. Chillería de adolescentes que correteaban alrededor de su casa, la llamada Casa del Placer, en Hiva Oa; a orillas de un poderoso afluente, el más caudaloso y transparente de Atuona. Oyó los sonidos insignificantes que la cercanía de la muerte atesora.

Risas perversas, encabritadas. También su propia risa, multiplicada en una cascada de ecos. La risa del depredador que persigue hambriento a su presa. La alcanza, la muerde en la nuca. Lame la aromatizada piel, pulposa y tatuada con esos aceitosos dibujos magistrales y sintéticos. Araña, encaja los colmillos, destripa, chupetea los huesos extrayéndoles con la punta de la lengua el sabor frutal del tuétano. Araña, mata.

Hizo un gesto altanero con la enclenque mano y una de las muchachas que lo observaba se acercó hasta él. ¿O era la única que se encontraba en el recinto? La única que quedaba, entre tantas que tuvo.

—Estás asustada… ¿O no? —preguntó fingiendo jocosidad, con una mueca que quería parecer sonrisa.

Ella negó con la cabeza, se encogió de hombros y, arrodillada a su vera, fue aproximándose, poco a poco. Pero el mal olor que emanaba de las fístulas del hombre hizo que la joven se arrastrara sobre sus asentaderas hacia atrás a toda velocidad.

—No te haré daño, Teha'amana, solo quiero acariciarte —pronunció evocando a su primera niña amada, de trece años recién cumplidos cuando la conoció en Tahití. La más inteligente de sus mujeres, subrayó con un hilillo de voz. La más cautelosa.

—No es ese mi nombre, Paul —contestó sonriente la jovencita, achinando todavía más sus rasgados ojos.

Paul, lo había llamado Paul —Koké el maorí lo renombraron los tahitianos, confundidos con la sonoridad de su apellido—. Adoraba la familiaridad de la adolescencia, su frescura. Que iba siempre en el sentido del atrevimiento.

—¿Pau'ura, eres tú entonces? ¡Has vuelto con nuestro hijo, cuánta felicidad…! —se refirió a su segunda mujer, también adolescente. Olvidada, perdida.

—No, tampoco soy ésa —murmuró la visitante, y chasqueó la lengua cansada de oír lo qué ella consideró idioteces.

—¿Vaeoho acaso? —La niña última, la que lo abandonó temerosa ante su grosera vejez, angustiada y renuente a verlo padecer y morir. A soportar lo patético de su decadencia.

La muchachita se tapó la boca con una mano, guiñó un ojo maliciosa, y apenas reprimió una risita burlona:

—Soy la hija pequeña del chino cocinero de la bodega, el que te fía lo que comes. Me ha enviado con sopa. Dice mi padre que tienes que alimentarte, y que aunque por el momento no le pagues él se preocupará siempre por ti. Porque le caes bien y eres gracioso.

—Mi alimento eres tú, niña; ven, ven, arrímate. O párate aquí, cerca de mí, con las piernas abiertas… Si no lo haces podría morir, instantáneamente, de inanición… Sí, serás todo un festín para mí… Déjame que palpe esa alegre cicatriz —y esbozó una sonrisa sarcástica.

A duras penas consiguió erguirse en la cama, estiró el cuerpo y los brazos, ansioso por alcanzar a la chinita. La niña retrocedió, asqueada.

—Paul… Perdón, Maestro, le dejé la sopa caliente encima de la mesa de la cocina… Debería beberla ahora, está sustanciosa y tiene un rico y picante sabor a jengibre.

—Llámame Paul, lo prefiero. ¿Por qué no me das

tú la sopa, a cucharadas? Soy un enfermo. Merezco cuidados y mucha atención, compadécete de mi abandono, niña deseada, anda, por favor… —hizo otro gesto compulsivo, tembloroso. Estuvo a punto de caer aparatosamente de la cama.

La adolescente aventuró otros pasos hacia atrás. Volvió a soltar una risita burlona, dio la espalda y corrió hacia la puerta entreabierta. Descendió la escalerilla a toda velocidad y se perdió rauda en dirección al hogar donde sus padres la esperaban despreocupados.

Paul extendió los brazos y con sus manos empezó a moldear el aire, como si con ellas recorriera la piel tersa del entremuslo de la desaparecida. Como ella se le hubiera entregado, abierta y húmeda.

Bebió ansioso la sopa fría empinándose una y otra vez la cazuelita de barro, hambriento. Entrecerraba los ojos como los gatos cuando devoraban los trozos de bacalao salado, y chupeteaba los bordes rugosos del recipiente. Saboreó hasta la última gota. Tomó después la tinaja con agua fresca y se la llevó a los labios. Enjuagó la boca, escupió, refrescó su garganta, bebió sediento. Con el agua recogida en el taponado vertedero, lavó y atemperó también su cuello y el pecho.

Intentó cruzar el umbral del cuarto. Entonces advirtió que el suelo estaba cundido de pollitos negros y amarillos. Piaban y se movían a toda velocidad de un lado a otro, revoloteaban como podían. Temió pisar y aplastar a alguno de los huidizos animalitos. Ocurría muy a menudo, cada vez con mayor frecuencia, que los pollitos amarillos y negros inundaban la habitación y él entonces debía mudarse a otro espacio de la casa.

Una vez de vuelta a la cocina sorbió varios tragos de láudano de otra botella parecida a la que escondía en el cuarto. El médico le había advertido que no bebiera más de tres sorbos, pero él no hacía caso porque tres no le eran suficientes para apaciguar el intenso malestar. Y ese médico estaba además medio loco, o loco entero, se dijo. Colocó unos paños encima de las esteras que cubrían el suelo y allí tirado, y repanchigado, sintió el hormigueo de la extenuación. Asustado, fijó sus pupilas en la esterilla. Las hormigas penetraron cosquillosas en la concavidad de su mirada.

Sabía que pronto serían los gatos los que invadirían la casa. Siempre sucedía así: aparecían primero los pollitos, y al poco tiempo los gatos. Unos gatos flacos, montaraces, feroces.

Los oía maullar desde no muy lejos. Cada vez los maullidos se hacían más y más próximos. Debía evitar por todos los medios, como en los previos y recurrentes episodios, que los gatos devoraran a los pollos. Sobre todo porque a veces los gatos se convertían, insólita y muy repentinamente, en indómitos tigres, o en panteras, y los pollitos, transformados también en gallos y gallinas agigantados, armaban un revoloteo y cacareo insoportables. Entonces a él le quería explotar el cerebro. Vomitaba. Vomitaba la bilis ácida, en ráfagas de baba ardiente.

Ni en las peores pesadillas se había sentido tan aterrorizado como frente a esa extraña irrupción de fieras felinas y famélicas, persecutoras impetuosas de aquellas raras aves de corral, desaforadas y desorientadas. Y él en el medio, perdido también, desgañitado, clamando por que lo dejen tranquilo. ¡Que se larguen, que se vayan, que lo dejen en paz!

Aturdido, al borde del delirio, taponeó sus oídos con dos bolitas de cera que había encontrado en una gaveta antes de echarse en la estera en posición fetal. Apretó los párpados y los dientes con rabia y se dispuso a aguardar a que empezara, y por fin acabara, aquella inevitable y reiterativa contienda que culminaba invariablemente en aciaga degollina. Muertes, masacres, sangre.

Poco a poco el láudano remedió su mal. Tras las alucinaciones cayó en un sueño pesado y profundo en el que se esfumaron los pollos y los gatos debido a que él, como todo un rimbombante héroe, se interponía entre unos y otros y conseguía ahuyentarlos. Un héroe, vaya mierda.

Pero al final, se hallaba en aquel túnel escabroso de donde surgieron Aline y Clovis. Pálidos, fantasmales.

Aline, su segunda hija; Clovis, el tercero de sus vástagos. Aline, la preferida, había muerto sin que él hiciera nada por salvarla, y él se lo reprochaba una y otra vez. Abandonó a Aline, la abandonó sin piedad. Murió lejos, allá durante un rudo invierno, junto a su madre, Mette-Sophie Gadd, en Dinamarca.

A Clovis tuvo que aceptarlo junto a él ante las imperativas exigencias de su esposa de que se lo llevara a vivir a Francia. Ella no podía soportar más tanto esfuerzo y obligaciones, además de que no ganaba lo suficiente con su modesto trabajo de institutriz y profesora de francés para poder alimentar tantas bocas. Y ya él no proporcionaba como antes ni un centavo que ella pudiera dedicar al sustento de la prole. Paul debía sacrificarse al menos por alguno de ellos, y Clovis fue el elegido. Clovis, el más débil.

Clovis y él padecieron hambre y frío en París. Lo poco que Paul conseguía para comer se lo daba, por supuesto, a su hijo. Él se mantenía con algún que otro bocado sobrante o un trozo de currusco viejo. Clovis dormía en un camastro estrecho, cubierto de varias mantas. Temblaba afiebrado, deliraba. Entre tanto él se enrollaba en posición fetal en el suelo, bajo una montaña de periódicos estrujados, y trataba de olvidar que era un padre con un hijo delicado y bajo su responsabilidad.

Por fin logró vender un cuadro, y con la ganancia pudo entregar a Clovis en un pensionado de provincia. Pagó la estancia de su hijo con el fruto de la venta, se quedó otra vez sin nada. Allí quedó Clovis, confinado. Tampoco volvió a ver al pequeño, nunca más, como al resto de sus hijos. No quiso hacerlo, le pesaban. La verdad es dura, pero es la verdad. No los vio porque no quiso. Salvo en sueños o en pesadillas.

Sin embargo, ahí se encontraba Clovis, a la edad en que lo había dejado de ver. Volvía de la mano de Aline, hecha toda una soberbia y bella mujer. Ambos se desplazaron del rústico pasadizo y atravesaron con una rara lentitud el umbral del cuarto. Sonreían agraciados, hermosos. Y sus mejillas recobraron un sonrosado saludable.

Paul extrajo los tapones de cera de sus orejas. Una música lejana empezó a adueñarse de los alrededores. Suave, con la suavidad de la discreción.

Su hija dio un paso hacia delante con una cierta gracia, entonces Clovis la enlazó por las caderas. Iniciaron una danza. Exclamaban sonrientes, de vez en cuando miraban a su padre, agradecidos. O cuando daban una vuelta y sus cabezas giraban hacia él, sentado ahora en el borde de la cama, sus miradas lo reverenciaban.

—Papá, ¿has pintado mucho? ¿Todo lo que tú ansiabas? ¿Todo lo que nos juraste que pintarías? —inquirió su hija sin detener el baile.

Él asintió emocionado, feliz de que Aline se interesara al fin por su pintura.

—Sí, Aline, claro que he pintado —pronunció agotado—, no tienes idea de la cantidad de lienzos que terminé. Los envié a París, y allá los expuse. Sí, me gustaría tanto que tú y Clovis vieran esas obras; pero tuve que vender la mayoría, deshacerme de ellas, aquí quedan muy pocas. Se fueron por montones, las mandé por mar, como es natural. Mis cuadros viajaron en esos barcos monumentales... Ah, esos barcos de los que tanto aprendí en mis buenos tiempos...

—Nos estás mintiendo, papá. Mientes mal, además —interrumpió el pequeño Clovis, sin ningún rasgo en su rostro que denotara reproche. Más bien una calma lúcida, aguda, pesada.

—No, hijo mío. No digo más que la verdad. ¡Pinté como un loco! Creí que moriría al final de cada uno de esos cuadros —agitó sus brazos en el aire.

—Mientes, como cuando prometiste que volverías a buscarme al pensionado, y no te vi más. Me dejaste allí solo, desamparado, enfermo; lloré mucho. Lloré cada una de aquellas noches solitarias, sin ti, sin mamá, sin mis hermanos. ¡Y tú pintando! Vaya porquería tu pintura.

—Clovis, mi pequeño niño, perdóname. Me fue imposible regresar al pensionado. No tenía dinero, ni un céntimo. Y quería huir, viajar, ¡largarme bien lejos! No, no, no lo interpretes así, no anhelaba alejarme de ustedes, sino más bien de un… ¿Cómo explicarlo? De un cierto ambiente, ¿entiendes…?

El baile no cesaba y la melodía resonaba más y más atronadora. La sorprendente pareja danzaba a todo lo que daba el compás de la música. Paul sintió toda esa polifonía repercutiéndole en el cuerpo, dentro de sus vísceras, como aspas afiladas. Esa *guinguette* agónica que lo mutilaba trozo a trozo, en una especie de simulado alborozo que molía y hacía polvo sus entrañas. Sus hijos se convirtieron en dos amorfas figuras, empantanadas en el ruido.

—¡Váyanse, váyanse de una vez y por todas! ¡No quiero verlos nunca más! —Enloqueció y se apretujó las sienes entre sus avejentadas manos. Vomitó de nuevo una flema luminosa, de un verde esmeralda esta vez.

La música cesó, y Aline y Clovis dejaron de danzar con atropello. Clovis fue a sentarse en un rincón, bastante cercano de la ventana. El niño continuó tarareando los acordes en un murmullo que adquirió después la cadencia de diabólicos *farfulleos*. Aline se aproximó al padre. Arrodillada frente a él, palpó las llagas apestosas de las piernas.

—Padre mío, debes ponerte el ungüento de mostaza en las úlceras. Lo haré por ti. Te cuidaré como tú me cuidabas cuando yo era niña. Cuando me querías y yo lo era todo para ti.

—Tienes razón, me escuecen, me pican, me roen. El hedor que emana de ellas me está matando de asco. ¿Te cuidé yo de niña? —dudó ansioso. Disgustado con ese azul tan intenso ahora en la mirada de su hija.

Aline tomó el pote de pomada, lo abrió, embarró sus dedos y untó cuidadosa las heridas supurantes. El pintor suspiró aliviado. Qué niña tan buena, qué mujer tan hermosa.

—Sí, cuando me enfermaba, siempre venías tú, me dabas a beber los jarabes. Contabas historias fantásticas. Con tus cuentos sanabas mis dolencias, o al menos hacías lo imposible para que yo me olvidara de ellas. Hubo una época en que fuiste un buen padre. Ese padre adorable, perfecto, trabajador, que tanto extrañamos después. Y también hasta un buen esposo. Sí, cuando trabajabas en el Banco André Bourdon, en la Bolsa de París, todavía no se te había metido en la cabeza esa inaguantable manía de grandeza de devenir artista. Un artista *raté*, arruinado. Mamá sufrió una enormidad. No te lo perdonaré nunca, nunca —Aline hundió rabiosa sus uñas en las llagas.

Paul aulló de dolor. Airado y lastimado, abofeteó a su hija:

—¡Nunca quise tener hijos con esa mujer! No me gustaba esa histérica de Mette, ni como mujer ni como nada. ¡Era un verdadero témpano en la cama! ¡Y solo sabía parir y parir! ¡Paría y paría! ¡Los parió a todos ustedes, unos inútiles, unos zánganos! ¡Cinco manganzones! ¡Hijos no, monstruos! ¡Cinco bocas que alimentar! ¡Una perra, eso era! ¡Y a ustedes, a ustedes yo no quería verlos más! ¡No quiero verlos nunca más! ¡Lárguense! —gimió, y se mesó los cabellos. Angustiado, dio cabezazos contra las paredes.

Las manos de Aline chorreaban sangre y pus. Asqueada, acudió a la cocina y las hundió en un balde con agua. Rezó en letanía varios padrenuestros.

Regresó aseada al cuarto, y arrebujada junto a su hermano cayó adormilada. Clovis había contemplado la escena atemorizado. Su mirada congelada en un punto, inmóvil e indiferente, acusaba al ingrato padre.

Aline despertó. Lloraba, entonces, lágrimas color ocre.

Paul también gimoteaba desconsolado. Mencionaba nombres que a ellos no le eran desconocidos: Camille Pissarro, su maestro; Vincent Van Gogh, su cómplice y ulterior rival; Ambroise Vollard, el galerista en París... Había tenido suerte gracias a ellos, decía. Había sido desgraciado también por su culpa.

De repente entonó un incomprensible monólogo en maorí. La voz se tornó suave, tierna, y empezó a acariciarse con exacerbada lujuria. Apretó el pene entre sus manos, lo friccionó hasta conseguir una potente erección. Sudaba a mares, sollozaba, gemía de placer; por fin eyaculó tras un estertor y ronco bufido. Abrió los ojos, levantó la barbilla, oteó la habitación como si se hallara en una especie de valle o vaguada. Suspiró ajeno a su entorno, situado en un raro ensimismamiento. Volvió en sí al rato.

Atisbó allá a sus hijos, ubicados en una distancia quimérica. Clovis acurrucado junto a su hermana, ambos con los ojos desmesurados, aterrados. Absortos en el macabro espectáculo.

Habían venido como de costumbre a interrumpir su magistral y portentosa obra, a interferir en su pintura, a perturbar su condensado arte. Un arte concentrado en la vida, en el deseo, en el placer y la contemplación. Sí, ahí pernoctaban, como una y otra vez esos seres abyectos, frutos del vientre de aquella gélida y nacarada danesa que nunca supo entender sus ambiciones, que lo amó mientras él ganaba aquellas nada desdeñables y cuantiosas sumas de dinero y mientras los demás lo veían y consideraban como a todo un *Monsieur* de buena clase, dada su posición respetable de banquero. Así lo percibía ella. Pero enseguida lo despreció y odió cuando él le declaró su amor a la pintura, y la pintura lo acogió en su seno, como una madre, como una amante, como una esposa. La pintura, su más bella hija, su más hermosa amante, con la que se permitía esos accesos de alienados actos incestuosos.

Sí, habían vuelto los dos monstruos macilentos. E igual de engatusadores, tan parecidos a su madre al inicio de sus amoríos, con la intención de echarle en cara el deplorable esposo y lo mal padre que había sido.

Sí, claro que sí, regresaban a cada rato, y permanecían agazapados durante horas o días en aquel rincón, en la esquina sinuosa que a veces se alejaba y otras se aproximaba, aturdida y desproporcionadamente, de sus garras. Garras, Aline llamaba a sus manos «garras». Huía de ellas, y protegía a su hermano de aquellas zarpas llenas de espolones.

Estirado cuan largo era en el borde más alejado de la cama, Paul dio la espalda a los fantasmas. Volteado hacia la otra pared fijó la mirada en una especie de mancha compuesta por numerosas gamas de verdes, que se transformó en una frondosa arboleda en la que se advertían dos casas muy al fondo. En medio de la foresta, un hombre y tres niños. Aquella visión se parecía a un cuadro suyo, pintado en 1901. Ahí, en Hiva Oa, titulado *Paisaje o paseo familiar*. Aquella visión lo embelesó.

La otra pared, tan descascarada y pintarrajeada que se asemejaba a un indómito jardín. Un jardín como una manigua, qué duda cabe. Pues claro, se trataba de ese cerril huerto en el que conoció una mañana a unos críos que tanto le recordaron a sus hijos, y con los que paseó un buen rato mientras intentaban descifrar juntos los diversos tipos de sembrados. Y él urdía la manera de pintarlos; «digo», dijo, de matarlos.

De ahí, de aquel paseo que no le abandonó la mente en todo el día, acudió apresurado a pintar. A trazar esa extraña excursión, con el mero propósito de trocarla en presentimiento cotidiano, de atrapar esa hermosa fugacidad de la naturaleza y densificarla en un instante que pudiera multiplicarse hasta el infinito. De tal modo evitó el crimen.

Había sido muy feliz mientras transitaba el trillo entre los vergeles, de una variedad de verdes que nunca alcanzó a contarlos todos. La travesía lo conducía hacia la orilla de la playa. Sentía cómo sus brazos volvían a ser jóvenes, como cuando era adolescente y había abrazado a aquella primera mujer en un puerto casi olvidado. El olor de las florecillas silvestres invadía el trayecto. Respiraba hondo, avanzaba con los ojos cerrados. Hasta pisar piedrecillas puntiagudas le devolvía la alegría de sentirse el más enérgico y potente de los artistas de su tiempo.

Mucho antes de llegar empezaba a oír las voces de las muchachas. El paseo desde su casa a la playa había sido su ritual más ansiado. Terminaba la jornada de trabajo, soltaba el pincel y bajaba descalzo, haciendo vibrar el artesonado con las fuertes pisadas sobre los peldaños.

Teha'amana, ah, su bella e inteligente Tehura. ¿Dónde andaría aquella niña portentosa en estos graves momentos de soledad y de lenta fuga hacia la nada, hacia el fin de todos los misterios, el descanso de todas las penurias? ¿En qué lugar la nativa de las Islas Cook, su protegida, su mujer, en el oeste de la Polinesia francesa, pernoctaría desdichada, haciéndose cada vez más mujer?

Paul descubrió a Teha'amana cuando ella apenas contaba trece años. Fue él quien estrenó su cuerpo de diosa de ébano. En sus manos quedaron alojadas para siempre las huellas de sus carnes firmes, de su piel brillosa y dulzona. Paul la había amado desde el principio; por su parte, no estuvo nunca seguro de que Tehura le correspondiera. Quizás nunca ninguna de sus mujeres lo amó como él las amó a ellas. ¿Qué importancia darle a eso? Ninguna. En esa lista de mujeres amadas contaba también a Mette-Sophie. A ella también, sí, la había amado, aunque lo hubiera hecho de manera irresponsable durante el período de absoluta equivocación sobre el rumbo que creyó entonces que debía tomar su vida, en el que temía confesarse a sí mismo que el arte era lo único que contaba en su existencia. Había querido a Mette-Sophie de una manera insustancial, convencional, insípida, pero esa era su manera de amar cuando él mismo se tomaba por un acomodado y melifluo burgués.

El amor por fin, en su misteriosa vastedad, fue Teha'amana. Había sido feliz con su cuerpo, con sus carnes duras, con su color terrizo, con su voz, con sus caricias, pero por encima de todo con su inteligencia.

Con Teha'amana sucedió muy distinto. Ya él se había convertido en el artista que ansiaba ser, solo necesitaba apreciar la belleza para gozarla, modelarla, enaltecerla. Teha'amana, su Tehura, era eso: la belleza en tranquila y proporcionada sencillez. Con el tiempo percibió que también la inteligencia natural de la joven le aportaba una riqueza indómita a su vida y a su trabajo. Ella intuía lo que él necesitaba, y con eso bastaba. Ella se daba, y él apreciaba y premiaba su intensa generosidad.

Tehura y su miedo a los muertos, esos espíritus burlones disimulados entre las tinieblas. Tehura y sus manos recogidas debajo del vientre, acariciándose el sexo, medio dormida, deseosa y pueril en el antojo. Manoseándose como una manera de exorcizar, de alejar la hechicería. Tehura con su cintura cimbreada, las nalgas firmes, los senos puntiagudos de grandes pezones, marrones y vibrantes. Tehura acostada bocabajo, la espalda lisa con su hendidura refulgente, los hombros elevados. El rostro vuelto hacia la puerta, aunque los párpados entrecerrados, como para observarlo a él a través de un fino y delicado tejido. Tehura extraviada en una especie de burbuja sombría, jeremiqueaba inconsolable porque afirmaba que los fantasmas la acosaban desde la penumbra, ocultos en los rincones que ella pretendía embrujados. Y que él formaba parte de ellos.

—No te muevas, mi amor, quédate en esa posición, así estás perfecta. Voy a pintarte. Sí, ahora mismo voy a pintarte, a crearte de nuevo —susurró el artista, ambicioso y resuelto, mientras estudiaba con esmero el divino y recio cuerpo de la muchacha desde varios ángulos.

Teha'amana lloriqueó, sin consuelo, hasta que Paul concluyó el primer esbozo. Entonces, decidido, el pintor acudió a ella, la tomó en sus brazos y susurró en su oído:

—Soy tu hombre, Tehura, soy tu hombre. Te protegeré para siempre. Cuidaré de ti toda mi vida, nadie te hará daño. No te asustes, soy el guardián de tus sueños. No lo olvides, el guardián de tus sueños.

Más calmada, la adolescente hundió su rostro en el robusto pecho, y él quedó atrapado en el aroma floral que emanaba del pelo, aquella copiosa cabellera de un negro azabache, de hebras gruesas y ligeramente onduladas.

Había soñado asentarse hasta el fin de sus días con Tehura. Deseaba vivir acompañado de sus graciosos ademanes, asistido por sus tiernos cuidados, arrullado por sus oportunas y delicadas frases. No pudo ser. Fue su culpa. Siempre, en toda separación, había sido culpa suya. Los años de felicidad se disiparon, y Teha'amana partió sin anunciárselo siquiera. Al final, sí, había sido un hombre caprichoso, y la niña a punto de convertirse en mujer no pudo aguantar por más tiempo sus majaderías de artista.

La amada Tehura le inspiró más de sesenta cuadros. Desde luego que no en todos aparece, pero ella significó el néctar espiritual que refrescaba su voluntad y que lo imbuía a situarse a diario, rozagante y despejado, frente al lienzo, decidido a plasmar toda la alegría y el deseo que la muchacha le infundía de solo mirarlo, con acariciarle, y además sirviéndole de modelo. Tehura había rozado la perfección. No, Tehura era la perfección.

La inesperada muerte de Aline, su hija predilecta, vino a echarlo todo a perder. Paul entristeció y se puso a beber más de lo habitual. A esa tragedia debió añadir los problemas administrativos, la falta de dinero. ¡Ah, el dinero! El alcohol se amparó de su existencia, en la bebida halló un inesperado y consolador refugio. Para colmo llevaba muy mala bebida. Peleaba a diario con cualquiera. Sin ton ni son insultaba y golpeaba a los demás, se volvió irascible. Transformado sin propósito en una bestia acorralada por sus propios fantasmas.

En una de esas peleas callejeras salió herido de gravedad en una de las piernas. Sus heridas jamás cicatrizaron; al contrario, con el correr del tiempo habían empeorado, porque la otra pierna también pudrió y fue perdiéndola en lascas que el médico cortaba como se cortaría un jamón en mal estado. Acudió a la droga para aplacar los rabiosos dolores. Dependió de la morfina, del arsénico diluido en absenta en mínimas dosis. Aunque, claro, necesitaba dinero para adquirir la suficiente cantidad de drogas que podía calmarlo.

No conseguía vender los cuadros. Muy pocos sabían valorar aquella pintura, demasiado salvaje para la mayoría de los gustos de la época. Entonces lo invadía el frenesí, injuriaba, reñía con todos, discutía y se enfrentaba a todos. Pero sobre todo se enfadaba contra ella, hablaba mal de Tehura a sus espaldas, la calumniaba. ¡No le gustan los hombres, no le gustan los hombres!, gritaba desaforado. Lo mismo le vociferaba en el rostro que la ignoraba y dejaba de hablarle y mirarla durante días. No supo cómo lidiar con su amargura propia y con su Tehura del alma, la alhaja de su pasión, la diosa de sus entrañas. Su mujer, su ángel. Su *vahiné* adorada.

La joven soportó aquella inaguantable situación lo más que pudo. Una tarde, aburrida y decepcionada, lio su hatillo y se esfumó por esos caminos de Dios. No había traído más que su virginidad y su inocencia, lo que por otra parte eran los tesoros más preciados que había poseído Paul. Tehura se marchó sin exigir nada material, sin un céntimo, ni un gesto cariñoso. Caminó durante días hacia la búsqueda de otro estilo de vida; aunque había madurado bastante, seguía sin percatarse demasiado de lo que era darle un auténtico sentido a la existencia, y desconocía por supuesto de las incontables peculiaridades y oportunidades que puede ofrecerle la dicha a una joven mujer.

Para Paul el verdadero sentido de la vida tenía que ver exclusivamente con la creación y con el amor. Sin amor él no podía pintar, como tampoco lograba esculpir sus estatuillas de barro. La quimera de morir junto a Teha'amana se había roto como a veces se rompía —o él mismo rompía— una de esas esculturas de tierra en las que reproducía una y otra vez el cuerpo de su enamorada. Paul creyó morir cuando ella se marchó. No. Paul empezó a morir cuando ella se marchó.

La ausencia y el abandono fragilizaron su mente; resquebrajada la salud, apenas se sentía con fuerzas para levantarse a encarar el vago paisaje de la soledad. Aquel corpachón de antaño, recién enflaquecido, se desplazaba con dificultad, a tientas. Vacilaba como un guiñapo, semejándose a uno de esos fantasmas a los que tanto temía su Tehura. Ahí empezaron los temblores de las manos, y desde entonces había perdido bastante de la precisión del pulso.

Después de un tiempo en el que se convirtió en la sombra de su sombra, por fin una mañana recapacitó y decidió reponerse. Cambiar de lugar sería lo más acertado, se dijo. Se alejaría de Tahití. Ahorraría de la mensualidad que le enviaba Vollard, su *marchand*, y se mudaría a las Islas Marquesas. Tal como lo pensó, lo hizo. Huir otra vez sería la solución.

Llegó a Atuona, a la isla Hiva Oa, el 16 de septiembre de 1901. Amó esa tierra desde que la pisó con sus adoloridos y fatigados pies.

«De aquí no me moveré nunca más», musitó.

«Aquí moriría con gusto». Se sentenció a sí mismo: «Aquí moriré. No escaparé de su misterio».

Esa primera noche en Hiva Oa soñó con Vincent. En los sueños él lo llamaba Vincent, pero en la realidad siempre lo nombró por su apellido: Van Gogh. Mientras que el otro lo llamaba Paul, llanamente Paul. Como a un hermano nuevo.

En el sueño viajaba —tal como ocurrió en la vida real— junto a Théo Van Gogh. Iban ambos a encontrarse con Vincent en Arlès, a donde éste lo había invitado a pasar algunos meses, que más tarde se redujeron a dos. «Te pagaré por ello, por cuidar a Vincent», aseguró Théo, siempre tan generoso.

Théo le iba mostrando el camino, los fecundos paisajes, los animales, las vacas. Mientras tanto le hablaba de su hermano, y de la obsesión que lo invadía por encontrar el azul perfecto. De sus locuras y su miedo inasible. El azul entre los azules. El más puro azul de todos los añiles. El azul Van Gogh.

—Eso no puede ser, Théo —comentó Paul—. No es al azul al que hay que investigar, es al verde. El verde es el origen, la luz, y la clave de la culminación de una buena obra. El verde es el fondo de todo.

—No, de ninguna manera, te equivocas, amigo. Vincent está seguro de que se trata del azul, lleva años acuciado con esa cantilena. Es en el azul y la inmensa variedad de sus índigos donde él afirma que encontrará el auténtico misterio, porque entre esos infinitos matices está seguro de que hallará el azul estatuario e insuperable. No lo contradigas, será mejor, te lo aconsejo.

A Paul aquellas disquisiciones le parecieron un poco atolondradas y excéntricas, pero pudo entenderlas mejor cuando tuvo frente a él a Vincent. Al punto percibió su lado perturbado en el demacrado rostro, y la tristeza infinita en aquella callada y alienada presencia. Así lo aceptó porque descubrió también en sus rasgos la etiqueta de la grandeza, de la lealtad.

Bebieron buen vino sumidos en el más espeso de los silencios. El silencio se hizo tan grueso que podían cortarlo con una tijera de jardinero; eso comentó Théo, sellando su humorada con una vibrante carcajada. Y por fin rompió el hielo, contento en apariencia:

—¿Cuándo irán entonces a pintar juntos? Ya los veo, los veo… —emitió una sonrisa bienintencionada.

—Mañana, al alba. Caminaremos hasta encontrar el sitio ideal. O será al revés, ese sitio nos buscará y nos hallará a nosotros.

Vincent hablaba como si masticara las palabras. Entre dientes, bajito, y queriendo brindar un matiz premonitorio:

—¿Te interesan los sitios ideales, Paul? —preguntó socarrón el pintor de los cobaltos.

Paul se encogió de hombros en señal de indecisión, o de que le daba más bien igual. A Paul le costó entender a Vincent:

—Te seré sincero. No paso por un buen momento, mi admirado Van Gogh. Presiento que no llegaré nunca a nada, que no realizaré jamás una gran obra —decidió extenderse en una respuesta que reflejara el estado depresivo del que creía no poder escapar jamás—. Como si me fuera a morir mañana mismo.

—Paul, yo no he conocido más que la tristeza, y una profunda melancolía. No sé qué es vivir de otra manera, como no sea sobrecogido por la aflicción

—Vincent se traqueó los dedos y oteó el paisaje desde la rústica silla.

—¿Depresivo también, como yo ahora? ¡Vaya desgracia! —Paul preguntó y exclamó por inercia, porque en verdad prefería ignorar las intimidades emocionales de Vincent para concentrarse en él, en las suyas propias.

—No me gusta ese término: depresivo. Siempre le he llamado tristeza, o melancolía. Son los vocablos que prefiero para, de algún modo, definir mi pasión de ánimo. Soy un tenebroso apasionado. Cuídate de mí, Paul.

Volvió a reinar el denso silencio. Al rato se miraron. Vincent supo entonces que amaría la impetuosidad de Paul. Paul también comprendió al instante la fuerza discreta del genio, y que lo respetaría desde entonces hasta que dejara de existir.

Al día siguiente Théo se despidió muy de madrugada; debía regresar a París, a gestionar sus negocios de arte. Paul y Vincent también partieron a buscar ese sitio ideal que la pintura merecía, según el segundo. Théo los observó un buen rato perderse en la distancia, caballete al hombro, en dirección hacia uno de aquellos vastos campos amarillentos cundidos de girasoles y coronados por un cielo intenso que constituían la obsesión de su hermano. Théo pensó, de manera errónea, que aquellos dos podrían ser felices, tal vez unidos mediante la creación y la enajenación.

Durante dos meses Paul y Vincent salieron a diario a pintar los Alyscamps. Tras de una larga y productiva jornada, comían algo, muy poco, y bebían mucho. Breves palabras, frases cortas e impactantes, más sobre pintura que acerca de todo lo demás. La pesadumbre continuaba alimentándoles el genio, la zozobra fructificándoles el duende, pero también corroyéndoles por dentro. Vincent, sin embargo, disfrutaba más de Paul, que éste de sus arrebatos.

Paul no recuerda con exactitud quién de los dos trató de matarse primero. Pero ambos intentaron quitarse de en medio, tal como decían para evitar la tragicómica expresión de «quitarse la vida». La muerte circunvalaba cada engendro que surgía de sus pinceles. «Engendros», eso eran aquellos malditos cuadros. La muerte también los seducía a través de esas pujantes y coloridas aberraciones. La vida, excesiva, los atormentaba. Lo daban por seguro.

Vincent y él llegaron a quererse como hermanos, y como hermanos también se odiaron. Y como artistas hasta se desearon la peor de las maldiciones. Sí, Paul para Vincent también era su hermano, su otro hermano. El arte había creado entre ellos un vínculo fraternal y eterno; como el mismo Pissarro seguiría siendo el maestro de Paul hasta el fin de sus días. Vincent amaba, Paul respetaba. La confusión del amor perjudicó la exactitud del respeto.

Una tarde Paul se apareció con un regalo para Vincent. Había terminado aquel cuadro en donde su compañero coloreaba estrambóticos girasoles. Es verdad que la cabeza le había quedado medio aplastada, la frente deforme, la mirada confusa, pero a él le gustaba el resultado de la obra. No tanto así al retratado:

—Sí, *c'est bien moi*, pero bastante más enloquecido —A Vincent le desagradó tanto el retrato que bramó unas cuantas barbaridades acerca de la «infernal» obra y sobre el «infame» autor. «Bah» y «bah», mascullaba.

El otro perdió los estribos. Discutieron excesivos y violentos, terminaron por irse a las manos. Vincent extrajo una navaja de su chaleco. Paul intentó detenerlo, impidiendo que el otro lo hiriera como se disponía a hacerlo. Esa fue la primera disputa. Paul creyó que moriría en aquellas manos que tanto veneraba.

La última acaeció en aquella desafortunada noche, en el café que frecuentaban. Vincent explotó un vaso de cristal en su cara, ambos se golpearon como bestias. Vincent huyó enfurecido. Al volver a la casa, allí, frente a uno de los espejos redondos, fue donde se dio la cuchillada en la oreja, sin que Paul pudiera frenarlo. Vincent ya no retornaría de esos estados de furia que se habían apoderado de su, en apariencia, apaciguado carácter.

Soñó que Van Gogh se hallaba ahí, delante de él, con el arma chorreando sangre y la oreja desgarrada. Sin embargo sonreía, ofreciéndosela como se la ofreció a una de las taberneras; y volvía a entablar una disquisición sobre la combinación del amarillo con los añiles. Comentaba además de sus últimas naturalezas muertas y de las estampas japonesas que le había mostrado por primera vez, y que Paul adoraba más que ninguna otra cosa:

—Te las regalaré. Eres mi único amigo, te las ofrendaré. Llévatelas, son tuyas; las mereces por soportarme —Vincent recogía las láminas y se las tendía—. Tómalas, disfrútalas.

Paul tomaba las imágenes, pero entonces aquellos grabados se reducían en sus manos, transformados en un bulto de fotografías perversas, pornográficas, las que, para ser honesto, a Paul lo deleitaban todavía más que las figuras niponas. Vincent lo miraba entonces fijo, sus ojos añiles explotaban, y de la concavidad diluía un líquido electrizante de azul viscoso.

—Eres un depravado, lo supe desde que observé tu primer lienzo —la sangre recorría el cuello de Van Gogh, mezclada con los azules.

—Estás herido, hermano, déjame curar tu herida —suplicó Paul.

—No eres nadie para mí. Ni hermano ni amigo. Nadie. Estás muerto. Te vas a morir. Y yo me voy a reír como un loco —decretó el holandés.

Paul intentó abrazarlo. Vincent lo besó en los labios. Sangraba por la boca. Su sangre bullía ahora en la lengua de Paul. El cuerpo de su amigo, cubierto de lodo, de una tierra húmeda y tibia, se fundió con el suyo.

Paul despertó sudoroso, atormentado con los fantasmagóricos sollozos de un enflaquecido Van Gogh. Lloriqueos que invadieron durante un breve tiempo el recinto.

Detestaba soñar con los muertos, porque en esos sueños o pesadillas parecía que le anunciaran, con marcada perseverancia, la proximidad de su propio final. Todavía aborrecía más soñar con Vincent, ese presumido holandés, que se dio un tiro mal dado en el vientre solo para llamar la atención; ¿o lo mataron sin querer, como también se dijo? Paul estaba seguro de que no quería matarse de verdad; estuvo boqueando durante días hasta que por fin la Parca lo raptó y se lo llevó al paraíso de los pintores, que con toda seguridad sería el peor de los infiernos, sembrado de estilizados girasoles, obedeciendo a su más caprichoso estilo.

Por el contrario, mientras dibujaba, tendido de lado en su cama, recordaba con alivio y placer las manos ajetreadas y pintarrajeadas de Vincent, tan resueltas en la consumación de una naturaleza muerta en medio de un cuarto iluminado por vaporosos azures. Vincent y sus hermosas y rudas manos.

El recuerdo de aquellas manos perfectas, en movimiento, volcadas en un lienzo era lo que todavía producía en Paul un exorbitante deseo, una inspiración infinita, una avidez sin límites por la pintura. Había respetado con demasiada solemnidad a Vincent, debió corresponderle en el amor con el que el otro engalanó sus mejores días.

A veces evocaba cómo corrían ambos, bajo el tenue sol y la humedad de los girasoles. Unas veces la respiración de Vincent sofocaba su cuello. Otras, la suya acariciaba la nuca del amigo. Existe una felicidad en la amistad que cuando se vive junto con los descubrimientos y las aspiraciones de la juventud forja una leyenda indestructible que supera al arte.

El sol rutilaba muy bajo. La chinita volvió esa luminosa mañana con otro cuenco hirviente, esta vez de crema de puerros, enviado por supuesto por su padre. Colocó el recipiente encima de la mesa y se dirigió hacia donde Paul se hallaba apoltronado, en una butaca situada junto a la ventana. Movió la mano enfrente de su opaca vista.

Mientras, Paul observaba impávido el vacío. La chinita decidió darse la vuelta y levantó la parte de atrás de la blusa, queriendo mostrar su piel.

La adolescente reveló a Paul:

—Mira, mira lo que me hicieron a partir del dibujo que le regalaste a mi papaíto. ¿Te agrada?... Ay, perdone, lo he tuteado.

—Puedes tutearme, niña linda —suspiró hondo.

La muchacha mostró un espléndido tatuaje repujado en la espalda todavía enrojecida. Los trazos reproducían el rostro del boceto que había enfrascado al pintor en la realización del lienzo *La joven con abanico*.

En el pasado Paul había decidido recompensar los favores del chino comerciante, verdulero y cocinero, con aquel misterioso boceto. Uno entre tantos que regalaba al azar.

—Cuéntame con lujo de detalles cómo lo labraron en tu preciosa piel mate —preguntó, más con ganas de que ella se quedara un rato junto a él que por pura curiosidad—. Supongo que llevó tiempo el reproducir fidedignamente cada detalle. ¿Dolió?

Ella negó con la cabeza; luego sonrió, y asintió. Hizo una pausa:

—Bueno, sí, dolió un poco. Lo cincelaron en la carne con las puntas de esos finos huesos que se utilizan para el *tattaw*, mojándolas antes en la tinta diluida en hojas machacadas y cenizas de una fruta aceitosa... —no supo contar nada más—. No conozco lo suficiente como para explicártelo, Paul. Dado el sitio en que ha sido hecho, no alcancé a ver demasiado.

—¿Por qué escogiste ese dibujo mío? —preguntó el envejecido pintor, no sin cierta petulancia.

—Era el único dibujo que poseía. Lo elegí quizás por temor a que mi papá lo perdiera, y sentí la necesidad, o más bien la urgencia, de conservarlo en mi piel. Fue como si sembraran una planta en mi tronco, como si yo fuera una parcela de tierra y el dibujo fuese un árbol... —suspiró—. Ahora debo irme, Paul. Bébete la crema, no seas caprichoso, antes de que se enfríe. Te sentará bien, el puerro es bueno, ideal para curar cualquier enfermedad del vientre. Mi padre me lo repite cada vez: «Dile esto a Paul, debe alimentarse mejor de lo que lo hace».

—¡Mi dibujo un árbol! Ojalá cualquiera de mis pinturas alcanzara la consistencia de un sauce llorón. Resulta muy bonito lo que has dicho al definir mi dibujo como un árbol. No te vayas, por favor, te lo suplico —rogó el pintor como mismo le había implorado hacía semanas a Vaeoho, su «vahine», para que no lo abandonara. Pero ella, como también hiciera su mujer, no puso atención a sus súplicas e hizo ademán de darle la espalda.

La chinita huyó apresurada y temerosa al notar que Paul intentaba empinarse del mueble con la desesperación de atraparla por la mano. Una vez lejos de su alcance lanzó una carcajada. La risa traviesa de la niña se perdió en una cascada de ecos escaleras abajo, en dirección al río. Paul volvió a derrumbarse en la butaca, muerto de miedo a la soledad.

Marie-Rose Vaeoho, al igual que las demás, también era una adolescente, de la que se comentaba que Paul la había secuestrado en la escuela católica, y que enseguida, debido a su hondo pavor, devino su *vahiné*, su mujer oficial. A la que Paul, por otra parte, no vaciló en engañar con otra adolescente, Henriette, también captada por él —se rumoreaba— en la escuela de monjas. Paul empezó a ser odiado, de verdad. Peligrosamente despreciado por los que movían las cuerdas del poder, que consideraban que el pintor se había convertido en un enfermo depredador, y que acechaba y molestaba a sus hijas vírgenes.

Vaeoho quedó embarazada muy temprano y parió una agraciada niña de color terroso a la que nombraron Tikaomata. Por desdicha, la salud de la pequeña se quebrantó de manera imprevista y murió poco después de nacer. Vaeoho vivió aquel drama de manera bastante natural; al tiempo volvió a salir embarazada, esta vez de un niño. Meses más tarde, tras el parto, huyó llevándose a la criatura con ella. Paul nunca más los volvió a ver.

No los echó de menos. Paul había empezado a desconfiar de la muchacha. ¿Sería bruja? Vaeoho no cesaba de mencionar en una especie de letanía la cercana muerte del pintor. Se la pasaba advirtiéndole en inoportunas cantilenas:

—Tengo miedo de que te mueras, quiero irme antes de que mueras. No quisiera estar presente en ese fatídico momento. ¡Lejos de aquí, lejos de ti!

Paul insistía en que ella debía cumplir con su deber de esposa:

—Pero eres mi *vahiné*, para eso eres mi mujer, para estar aquí cuando yo deba morir. Deberías soportar conmigo los dolores hasta mi último aliento. Soy tu esposo.

La jovencita, con el rostro atorado en un rictus, se apartaba hosca y escurría su presencia por los rincones de la casa, o intentaba escapar a hurtadillas hacia el encuentro con cualquiera de sus antiguas compañeras de colegio.

A su regreso, su marido, un amargado Paul, le tenía invariablemente preparado un severo sermón:

—Por tu culpa otra vez estoy triste. Y no quiero eso, no necesito estar triste. No me lo puedo permitir. No sé trabajar abrumado por la melancolía. Tienes que estar a mi lado. Debes jurarme que te quedarás junto a mí para lo que sea, para lo que toque, hasta que yo muera. Debes hacerme un hombre feliz.

La mayoría de las veces la muchacha se encogía de hombros o fingía andar muy ocupada con el recién nacido, o se ponía a colar alguna infusión, en lo que invertía más tiempo del necesario. Apenas respondía a las constantes interpelaciones del hombre. «Y no se calma, y no acaba de quedarse quieto y de dejarme a mí tranquila», musitaba angustiada.

Su manera indiferente de proceder desanimaba a Paul. Vaeoho se estaba convirtiendo en un problema, añadido a otros tantos contratiempos. Contrariedades que se le habían ido amontonando. Juicios y más juicios, altas multas, condena a varios meses de prisión... Ahora, con segura probabilidad, el desamor de su *vahiné*, el desapego, la ausencia de deseo.

La historia real era que Vaeoho le había costado muy cara. Paul había tenido una vez más que pagar a su padre el equivalente a unos doscientos francos; Vollard le enviaba trescientos, y eso cuando podía, no siempre de forma puntual. Tal vez había salido perdiendo en ese trueque, aunque con ella aprendió a hablar el marquesano, y también lo autorizaba y hasta se divertía viéndolo hacer el amor con algunas de las otras adolescentes que le servían de modelo: muchachas mucho más macizas que ella, aunque de su misma edad. No era perfecta, se decía Paul, pero lo entretenía. Era divertida en aquel momento no tan jocoso de la vida.

Pero después ya ni eso podía hacer, ni ganas le daban de acostarse salvaje e impúdicamente con aquellas robustas jóvenes, ni de embadurnarlas de barro como si las moldeara para futuras esculturas con el pretexto de acariciarlas. Vaeoho no deseaba el intercambio sexual entre ella y él, y eso lo refrenaba con las demás. Para Paul era triste, con toda evidencia lamentable. Se había vuelto aburrida.

Vaeoho huía cada vez que él la reclamaba para que curara sus piernas y le ayudara a cambiar las vendas. Se estaba pudriendo de abajo hacia arriba, lo sabía, se estaba encarroñando solo, sin nadie que entendiera y se apiadara de su soledad, sin que al menos presenciaran su agonía. La Casa del Placer se había convertido en La Casa del Dolor. Los gemidos de deseo habían sido destronados por jeremiqueos pesarosos, por una retahíla de ecos mustios, amargos y patéticos. Y su mujer sentía asco por él.

Un buen día la muchacha partió con su hijo a cuestas, como un matute más a la espalda. Paul entonces supo que su fin no estaría lejano. Para colmo, el resto de las chiquillas dejaron de frecuentarlo. Solo podía contar con las salteadas visitas del médico, y ahora las de la chinita. La que él pretendía que fuese su última adquisición.

Sumido en los recuerdos, el cuerpo le ardía como un volcán en erupción: a veces debido a las fiebres; otras, producto de un invasivo deseo carnal que era lo único que parecía no desposeerlo. Paul deseaba de manera infernal. Durante su último aliento era lo que más necesitaba, el deseo.

Cuando el deseo carnal suplía y ganaba en delirio a la fogosidad de los espasmos torturadores entonces se confesaba que había tenido un buen día, y que quizá podría vivir bastante más. Erguido, con gran esfuerzo, situado frente al lienzo, continuaba el cuadro por donde mismo lo había dejado. Paul había pintado siempre enamorado. No sabía pintar sin estarlo.

—Estoy pensando en ti, de manera bravía, amor mío. Diría que «bárbaramente» —anunció a aquella muchacha que modeló para su *Poemas bárbaros*.

También de ella, como de todas, se había enamorado hasta ansiar envenenarla.

Ellas eran el recurso esencial de su pintura. Ellas, con sus cuerpos dorados y arcillosos. Ellas, en apariencia frágiles, moldeables como la arcilla.

—Voy a estar acechándote, y te voy a comer viva —continuaba con aquella otra, *La reina de los mangos*.

La joven estiró el cuerpo casi desnudo en medio de los arbustos y atrevida musitó:

—Búscame, muérdeme —era su manera de invitarlo a que penetrara con los pinceles en su piel. Él lo hizo.

Tenía la mirada dulzona como los mangos que la rodeaban, y reía a carcajadas. A cada encontronazo del sexo del hombre en el interior del suyo de su garganta emanaban las risas de su ardor.

Al final, Paul besaba las apetitosas orejas de la joven, las mordía con suavidad felina:

—Lo siento, pero el salvaje que soy, aunque fiero, también suele ser tierno —cuchicheaba como para sí mismo, como despojándose de la avaricia de ser el que posee.

A ella la respiración volvía a ponérsele encabritada, y entonces a Paul no le quedaba más remedio que iniciar el siguiente ataque. Ah, la recogedora de mangos, audaz e inolvidable.

«El sexo no tiene otra forma de ser, amor, si no es salvaje»; suspiró como si todavía hablara con la reina de los mangos. Fue entonces que sintió una penita en el estómago, de hambre, y se dirigió renqueando a la mesa donde lo esperaba la crema de puerros fría.

Una nata grasosa y amarillenta cubría el contenido del recipiente.

«Soy y seré siempre el hombre que te ama. Tu hombre. El hombre que te desea.» Pronunció despacio mientras desde la cama observaba el último cuadro, por fin terminado. Sí, él era el hombre que añoraba sentir el deseo núbil y térreo de la mujer refugiada bajo su cuerpo. Extendida y repartida en él, palabra a palabra, untada beso a beso. Ansiaba verla morir de goce, traspasada por su imponente virilidad. Que su sexo estrangulara al suyo, con los latidos calientes de su vagina.

«Imaginaba entonces esa mirada tuya de niña que descubre el placer de tener placer, de nacer en ese placer, tú y yo, con todos nuestros sentidos abiertos a la locura». ¿A quién le había dicho aquellas palabras? A todas ellas, y acaso a ninguna de sus amantes. ¿Y por fin quién era él? «Desvélate, quítate la máscara», susurró la reina de los mangos.

Paul cerró los párpados con las mejillas ateridas y moradas, aunque todavía no iría a morirse, presintió aliviado. Solo apretó los ojos, anegado de un placer inédito. Volvió a abrirlos para enseguida agarrotarlos de nuevo, para que así, dentro de sus pupilas, bailotearan círculos coloreados. E imaginar a través de esas formas romboidales una nueva pintura en la que un puñado de tierra iría encofrando en diversas figuras hondas y refulgentes.

«¿Quieres que te declare mis deseos de ti? Mis deseos de ti son múltiples, amor». Fue esa la expresión exaltada con la que ensalzó a Mette-Sophie la primera noche en la que se acostaron, ya siendo marido y mujer. «No te reconozco, marido mío, no sé quién eres». Ella pasmaba su anhelo.

—Deseos tienen todos, Paul —respondió Mette seca, con la misma adustez con la que enfrentaba a su alumnado—. Pero nosotros tenemos el afán único de nosotros dos, un apetito reinventado y renacido en nosotros: nuestro deseo es virgen.

Ah, Mette-Sophie, con su sabiduría y su empeño en sentirse más instruida que él, más atildada y perfecta en todo lo que le cruzara por la mente, pretendía lucir orgullosa su puntilloso y prodigioso intelecto. Razón pura, pero razón al fin y al cabo. Sin una pizca de pasión, sin más ni más. Rectificaciones, una tras otra. Rebajarlo, humillarlo.

Por suerte, mucho después conoció y poseyó a Teha'amana. Había llegado a su existencia esa lozana muchacha auténtica, sensible y clara, de una natural lucidez, desbordante de imaginación y plena además de designios mágicos.

—¿No quedamos en que el deseo hay que desnudarlo

y entregarlo, Paul? —había preguntado con aparente ingenuidad su Tehura del alma. La única que sí había sido con asiduidad más espabilada que él. Rebosante de una agudeza virtuosa y sencilla, ventajas con las que encaraba los más difíciles menesteres de la vida. Paul adoró a esa niña. Ella había sido su luz.

«¿Me desearás todavía donde quiera que estés, Teha'amana? ¿Me amarás para siempre, mi constante Tehura?». Paul presintió una punzada, seguida de un aguijonazo que le recorrió el vientre y le ascendió al pecho cortándole la respiración.

—¿No eres tú el que me ama? ¿No eres tú el volcán? ¿A quién desear sino a ti? —Tehura se hallaba ahora ahí, junto al caballete, una mano apoyada con delicadeza en el borde del lienzo. Sus pupilas doradas fijas en los trazos.

Medio desnuda, los senos vibrantes al descubierto, Tehura retornaba a él mutada en una benefactora aparición. Nimbada con esa luz azafranada, y sostenida ligeramente, como en levitación; sus pies apenas rozaban la estera del piso. Paul resistía rodeado de fantasmagorías, de vívidas alucinaciones y extraños aromas, emanaciones que le evocaban distintas épocas de su impetuosa existencia. La preferida entre todas las bienvenidas comparecencias era sin duda la de Teha'amana. Su niña del alma, su frenesí.

—No poseo nada ya. No tengo más dinero, amor mío. No he recibido el último pago de Vollard. No podré entregarte más que mi amor —bisbiseó con la garganta reseca—. ¿Te ocuparás de enviar esos cuadros? Oh, tú, sigues siendo tan generosa que por fin regresas conmigo, pero yo estoy tan endeudado que ni dos vidas llevadas como exitoso banquero pagarían lo que debo. Esto es lo que soy, un despojo.

—Te amo, Paul —musitaron los labios vibrantes.

Las deudas se amontonaban, muy cierto; sobre todo sus deudas con la justicia, multas apilonadas en el escritorio del sombrío despacho. A veces no podía ni siquiera pensar de forma artística en el cuadro que se disponía a pintar. Perdía el tiempo repartiendo pinceladas de un extremo a otro del mismo mientras mentalmente sacaba cuentas de cuánto podría valer según su posible y perfecto acabado. Y así no podía crear nada valioso. La afrenta del dinero lo perturbaba, aniquilaba sus ganas.

Tehura avanzó hacia él, cimbreante, maciza, telúrica. Canturreaba una suave canción en el maorí marquesano.

—¿Dónde lo aprendiste, mi Tehura, dónde, con quién? —inquirió el pintor con un deje celoso, mientras intentaba corresponder a su acercamiento.

—Contigo, Paul, todo lo aprendí contigo —ella le entregó el frasco con láudano y acto seguido le hizo beber abundante agua—. Bebe, bebe, mi amado…

—No pudo ser conmigo, mi niña montaraz. Yo no hablaba maorí marquesano cuando te conocí, cuando tú y yo vivíamos juntos…

Ella le interrumpió:

—Pero después lo aprendiste muy bien, con Vaeoho, y yo he regresado de forma recurrente a tus sueños para entonces aprenderlo de ti. Tú y yo conversamos muy a menudo dentro de tus sueños en maorí de Hiva Oa. Nos tocamos también, Paul, con frecuencia nos acariciamos, por obra y gracia del poder del espíritu.

Tehura hablaba como mismo dialogaba él hasta hacía unos días: creyente todavía del vigor y dominio absolutos del alma, cautivo del misterio. Paul bebió de sus dulces palabras...

Pero justo en este momento, que era cuando más falta le hacía aferrarse al espíritu, envolverse en el enigma, adentrarse en lo oculto, Paul presentía aterrado que su cuerpo se iba desintegrando en una especie de cenagosa y aberrante sustancia, y que después del último padecimiento, del postrero cansancio, nada quedaría, ni una mínima huella; salvo, tal vez, su obra.

Acostada ahora, muy apretada a él, Tehura besó sus labios, alisó con sus dedos enfangados las greñas desordenadas del pelo. Paul sufrió otro aguijonazo, justo en el costado contrario a donde se arrebozaba la muchacha. Desvió su cara hacia la puerta para que Tehura no reparara en la mueca de dolor. Ella le tomó la barbilla obligándolo a mirarla de frente, a los ojos. Esos ojos color café, esa mirada calmada y segura. Acercó de nuevo la boca a la suya y, apasionada, mordió deleitosa los labios del hombre.

—Hazme el amor, muchacha mía, hazme el amor —susurró Paul Gauguin casi en un estertor—. ¡Tómame, tómame, mujer!

Teha'amana subió a horcajadas encima de él y frotó su vulva en el glande del hombre, que de inmediato comenzó a hincharse. Besó ardorosa sus labios, él respondió también tórrido con un duradero beso. El cuerpo del pintor recobró aliento y robustez, como si sus heridas cicatrizaran y por fin el martirio cesara. El deseo lo aliviaba. La mujer lo curaba.

El torso y los muslos de la amante brillaban cubiertos por una greda oleosa y rojiza. Acarició los senos duros y ella gimió satisfecha. Hundió su rostro en los senos puntiagudos y vibrantes, oyó los latidos del corazón...

Paul recordó aquel bar, una noche en Arles, y la discreta y triste mujer que posó dadivosa para él desde la mesa de enfrente. Saboreó incluso, en la memoria, el vino que lo había embriagado, y que lo había convertido en una fiera obligándola a acostarse con él. Otra bruja.

¿Se acordaba también de la 'Faaturuma' vestida de un encendido bermellón con el pañuelo blanco emergiendo de la desmadejada mano, mientras se mecía en la crujiente comadrita? Por supuesto, cómo no iba a acordarse. Esa diluida mujer había sido la viva estampa de la amargura. Sin embargo, su pesadumbre no la forzaba a renunciar del todo. No era una mujer vencida. Por nada del mundo. Estaba más viva de lo que ella misma podía creer.

—Paul, quiéreme, Paul —creyó oír que Teha'amana le murmuraba mientras movía las caderas en un ritual acompasado, como cuando hacían el amor a orillas del río y después quedaban vencidos por el sueño, arrullados por las arboledas mecidas por la brisa.

Volteó los ojos en blanco, sintió un gozo inigualable. Bramó como el mar. Gritó en medio del frenesí.

Esa era su Tehura, su 'Tierra Deliciosa'. Ahí, de pie,

corpulenta, brillante el vello fino y color azabache del pubis virginal. La mano asía el delgado tallo de una flor. ¿Sería una margarita?

Había transcurrido tanto tiempo… Los ojos oblicuos de la joven se dirigían a alguien fuera del ángulo del lienzo. No lo miraba a él, jamás a él. Boca pulposa, cabellera negra y satinada enroscada en los hombros. Muslos y piernas fuertes, pies firmes. 'Tierra Deliciosa' parecía que fuese a iniciar de un instante al otro una danza ceremoniosa, y que estuviera esperando que algún desconocido la invitara a lucirse en medio de un vasto y lujoso salón. Y que le propondría bailar.

—Ámame, Paul, ámame —reclamó Tehura en un gemido.

«Vamos a bailar, muchachita mía, bailaremos toda la noche». Engallado, enlazó a Teha'amana por la cintura, ella dio un salto y lo cabalgó.

Paul la sostuvo con todas las fuerzas de su lejana juventud, y bailó, bailó, bailó, con ella galopándole encima.

Extrañada, la chinita tocó insistente con los nudillos en la puerta, esta vez cerrada a cal y canto. El amigo de su padre jamás echaba el cerrojo a la entrada. Llevaba en una cesta otro cuenco de sopa de langostas, todo un lujo. Insistió con más fuerza, pero nadie acudió a abrir.

Asomada a una de las ventanas, escudriñó en el interior. Colocó la cesta con el cuenco de madera en el piso y empujó la carcomida hoja de madera. De un salto se introdujo en la estancia. Abrió la puerta principal desde el interior, recogió la cesta y volvió a penetrar por la entrada. Puso el cuenco en la mesa, la cesta en una silla.

Entró en la habitación. Reinaba un nauseabundo olor y un vapor cundido de bacterias prevalecía en el ambiente como una especie de nata lúgubre. El verdor pompeyano impregnaba las paredes.

Paul Gauguin yacía en su cama, desnudo, rígido. El rostro dibujado sin embargo con un espasmo placentero. Regados por la estera, varios bocetos que parecían destinados a un autorretrato, en los que el pintor había añadido a una sólida muchacha pigmentada en barro y que aparentaba contonearse alrededor de su enhiesta figura. Bailaban, ¡bailaban!

La joven recogió cuidadosa los dibujos y los apiló en el mueble del despacho.

Abrió de par en par las ventanas, clausuradas hasta entonces por el dueño de la Casa del Placer; esa casa del goce, de la eyaculación y la esperma mezcladas con la pintura en las pinceladas del pintor.

Espantó el mosquerío que revoloteaba encima del cadáver, cubriéndolo con una sábana de color marrón. Rezó arrodillada a su vera. O, mejor dicho, musitó versos de un poeta japonés cuyo nombre había olvidado. ¿Basho?

Muévete, tumba,
oye en mis quejas
al viento de otoño.
Frescor de otoño.
Melón y berenjena
a cada huésped.
Arde el sol, arde
sin piedad – más el viento
es del otoño.
El nombre es leve:
viento entre pinos, tréboles,
viento entre juncos.[1]

Regresó a la cocina y empuñó el escobillón. Barrió las estancias, una por una. Sacudió las esteras, limpió el polvo de los muebles. Sin parar de rezar el poema, o los trozos de poemas, finalizó el aseo de la estancia.

Terminó exhausta. Pero así y todo tuvo tiempo y energía para además tararear una melodía en maorí marquesano que su padre le había comentado que el Maestro Paul Gauguin apreciaba oír allá, frente al mar magenta, cuando las muchachas que iban a jugar y a nadar la entonaban, obsequiosas, para él. Cuando Paul se sentía feliz y libre, porque deseaba y lo deseaban.

Cerró los ojos, obedeció a su mente:

—¿Qué es para ti la felicidad, chinita linda? —Le preguntó el pintor en una ocasión.

---

1   Traducción de Octavio Paz y Eikichi Hayashiya, en 1957.

Ella se encogió de hombros.

—¿No lo sabes? Yo sí lo sé. Para mí la felicidad es la luz, ese rayo nacarado que se cuela por la rendija, que siluetea las partículas de polvo y que lo baña todo como de un verde pompeyano… —y calló, extasiado.

—¿Solo eso? —repuso incrédula.

—Y tú. Con tu andar felino y tu rostro radiante de vida. Tus ojos claros, plomizos, como la espuma que deja la lluvia en el borde del agua cuando cae el crepúsculo.

CAPÍTULO I

Hubiera deseado que la chinita volviera y le arrastrara el caballete hasta la cama, encajárselo encima de las adoloridas caderas y ponerse de nuevo a pintar. Pinta, pinta, pinta, se decía en letanía. O que pudiera alargar su brazo, extenderlo lo más posible, y trazar esas luces que le cundían en la mente como chapapotes y soliviantes grumos de óleo.

Pero ahí estaba, estancado, hundido entre almohadones y sábanas. Y, lo peor, las voces regresaban amorfas, invadían multitudinarias su pensamiento, truncándole las ideas y desmenuzándole las alegorías.

Los ruidos zumbones correspondían a las voces y tonos de sus críticos más feroces:

«No daré ni un centavo por esa cochinada».

¿Sería aquel jorobado de Salomon Reinach el que así se expresaba frente a su célebre obra *El caballo blanco*, instalado por fin en una de las salas del Louvre, cuando logró entrar en 1927 gracias al pintor Daniel de Monfreid? ¡Qué tiparraco tan degenerado! Lo habría querido estrangular con sus propias manos. En caso de haber tenido la desgracia de conocerlo.

Y más voces, qué digo voces, más bien gruñidos, en su contra. Imaginados por él y convertidos en esbozada realidad, aunque muy posterior a su muerte.

—Me echarán a perder hasta mi propia muerte, no podré jamás morirme con elegancia y en paz, por culpa de todas estas infamias que han vuelto a mascullar en mis oídos —susurró en un lamento.

«Observen ustedes, señoras y señores, ahí tienen a Gauguin, el salvaje, Gauguin, el salvajito. ¡El caníbal de las Islas Marquesas! ¿Tendríamos que estar obligados a rendirle honores? ¡Ni locos!»

Un pernicioso, en esto lo habían convertido, en un pernicioso para aquellos biempensantes más papistas que el Papa, más tradicionalistas que la sonsera de tradición misma.

«¡No es un artista francés, de ninguna manera! ¡Le reitero que Gauguin no es un artista francés surgido de nuestro clasicismo francés! ¡Gauguin es un traidor de las tradiciones, acábenlo de reconocer, por favor! ¡Gauguin es un 'metementó', que coge de aquí y de allá y de acullá, y no acaba de definirse ni él mismo; ni sabe él por su cuenta hacia dónde irá!»

Ah, pobre gentuza. Anheló verlos quemados en una hoguera descomunal y ruinosa. Que se hicieran chicharrones, y luego cenizas. Porque así era como también ellos quisieron verlo a él. Achicharrado y humeante, y aullando, como Juana de Arco en la hoguera. No, perdón, Juana de Arco se mantuvo callada, resistente. Él tenía que resistir del mismo modo, debía resistir. Su arte era pura fortaleza, pura resistencia.

«En cuanto a esa gloria de Gauguin, ha llegado el momento de trabajar en su ruina», escribiría años más tarde André Salmón, en octubre de 1919. Pero Paul, ya moribundo, podía adivinar que alguien escribiría en el futuro esas miserias sobre él, y que la tribu malvada las llevaría a ejecución.

—¡Yo he sido el primero, y el único, el primero y el único! —gritó desgarrado, y una tos le paralizó las ganas de continuar rugiendo en dirección de la nada.

Sí, él había sido el primero y el único. Supo antes que nadie que existía la necesidad imperiosa de una ruptura, que un mundo moderno clamaba por nacer, por surgir del deseo imperioso y brutal. Fue el primero en huir de la tradición latina, de despojarse de ella; le entallaba mal, le quedaba pequeña. Además, sospechaba que su osamenta se desmoronaba. Esa tradición moribunda lo enfermaba, contagiándolo de un cruel aburrimiento. Iría a enlazarse con el élan vital e iniciático de los carcomidos azogues bárbaros y renacería entre los brazos de los dioses salvajes y proscritos.

—¡Yo osé, yo lo hice, yo me atreví! —reclamó, anestesiado enseguida por otro ataque de tos seca.

Sintió orgullo de su lucidez. De su alto sentido de la transgresión; de haber repudiado en absoluto todo lo que parecía realidad banal y exterior. Y también de haber escupido sobre el racionalismo.

—Soy un ingrato, sí, soy consciente de ello. Un ingrato con Cézanne y Van Gogh. Pero ellos también comprenderían que para mí lo único verdaderamente importante es la libertad. Y mi libertad permitió que el arte moderno apartara a esos carcamales aferrados a la gloria. Una gloria fatua. ¡Una antigualla!

Por fin esa puerta se abría ante sus fatigadas pupilas. Caían los tabúes y se imponía la verdad, su verdad. La verdad del deseo, del ansia.

—No podrán despreciarme, no conseguirán nunca atomizarme —Esta vez fue una estruendosa y maciza carcajada la que asfixió sus palabras.

Una obra sin modelos, pero con maestros. Una obra desprovista de plagios, pero con reconocidas influencias, de las que bebió y luego desgarró su garganta hasta arrancárselas y renunciar a ellas.

—Me han combatido duro. Querían y querrán eliminarme. No podrán. Quizás consigan deformar mi obra durante un cierto tiempo, pero no se apropiarán de su auténtico y verdadero sentido, ni destrozarán esa fuerza que emana de ella. La negarán, pero a la larga tendrán que reconocer que he sido el más sincero de los artistas, que con mi conciencia poética he desbaratado las imágenes preconcebidas para reinventar lo más valioso que posee el hombre: su deseo.

«Sí, repito que lo sé. Que soy consciente de ello. No seré nunca Pissarro, ni mucho menos Émile Bernal. Seré yo, infinitamente yo. Mi eternidad y yo. Con mi firmeza, aunque también con mis contradicciones.»

Cuánto añoraba que el caballete volviera a su cuerpo, próximo y manuable, que su corpachón se fundiera con la madera y hasta con el lienzo. Pero ahí seguía, inerte; apenas podía moverse, y la fiebre había aumentado. También los intensos dolores. Navegaba en sudores.

Extrajo el espejito redondo de debajo de una de las almohadas, se observó exhausto en él. Había palidecido, su piel se apergaminaba y en algunos lados, en los pómulos, rutilaban unos moretones. Le agradaría pintarlos, dibujar esos flameantes morados, delinear los contornos de la depauperación, porque era lo único hermoso que le devolvía su rostro desde la superficie argentada.

—¡Un primitivo, un primitivo, una bestia! —la voz volvió a soflamarse.

Pero nunca un arquetipo, pensó. No devendría jamás un arquetipo, y sonrió devastado por el intenso cansancio provocado por la enfermedad. Aunque, en un final, ¿por qué no?

—Voy a liberar a Tahití de sus traumas, volveré a relocalizar en el mapa su profunda y fabulosa 'ancestralidad'. Montones de incrédulos vendrán a bautizarse en las aguas enigmáticas de su intimidad. Y yo seré el fantasma que los guíe, a través de mis coloridos lienzos. Soy el más razonable y científico de los bárbaros. Al final será así y no de otro modo. No he llegado a estas tierras para conquistar, sino para que ellas me conquisten. No he nadado en ese perfumado mar para que me ahogue, sino para ahogarlo yo a él con mi sed inabarcable. ¡Soy un indomable sediento! ¡La trayectoria creadora, esa buena mierdecilla correcta, la trayectoria creadora!

Sonrió compadecido, su sexo volvía a erigirse. Lo tomó con ambas manos. Sobó el miembro.

—Esta es la verdadera transfiguración. Cuando de entre las dos cabezas que posee el hombre, la de abajo suplanta poderosamente a la de arriba. Me siento ahora más vivo que nunca. ¡Oh, esa fogosidad a la que no puedo ni quiero renunciar, y que deberá sobrevivirme!

Con ambas manos manoseó suave y deleitoso su pene, de abajo hacia arriba, de arriba hacia abajo. Escupió en una mano una gruesa flema y ensalivó la frondosidad de su apetito. Con el pecho henchido presintió que un ángel lo observaba, con la dulzura que entonces necesitaba para acometer un breve y sereno viaje onanista, pleno de núbiles antojos.

CAPÍTULO II

Sed. Sintió que la lengua se le acartonaba. Nació sediento, desde niño buscó inquieto el agua clara de los manantiales y en ellos se arrodillaba, inclinado bebía del agua que limpiaba la tierra y también aclaraba su gaznate. Moriría sediento. No, eso no, de ninguna manera. ¡Agua, agua, agua! Las lágrimas corrieron por sus mejillas febriles, fueron a encharcarse en las comisuras labiales, las recogió con la punta de la lengua.

—Tu padre murió cuando tenías quince meses —recordó que su madre le contaba—. No tienes abuelos. Solo tenemos al tío abuelo Pio, y al tío Zizi...

La madre abrió la blusa y extrajo un pecho. Paul se acercó desde la altura de sus cinco años y mamó el pezón lechoso de la mujer. Mientras más chupaba, más la sed se apoderaba de sus instintos. Cerraba los ojos y entraba en trance, en un éxtasis que lo acunaba en un arrobamiento infinito.

Paul se volvió a ver creciendo en Perú, como un muchachito inquieto, apasionado y, además, desgarrado. Huérfano de padre, de la infancia solo extrañaba ese raro y sublime embeleso mientras pegado al pezón de la madre deseaba que el mundo lo habitara entero. Huérfano más tarde del pezón materno, que él hasta entonces consideraba lo esencial, la llaga de esa ausencia la mantuvo abierta hasta que las verdaderas llagas cundieron su cuerpo.

—¿De dónde venimos, qué somos, a dónde vamos? —no cesó jamás de preguntarse—. A veces no quisiera pensar, para evitar imaginar. Imaginar aniquila, me mata.

El tío abuelo Pio de Tristán Moscoso parecía un rey, y manejaba el idioma como un cetro.

—¡En esta casa se habla español, se conversa en español y, por encima de todo, se piensa en español! —ordenaba.

Los recuerdos deambulan ahora entre aquellos temibles temblores de tierra y los tremebundos gruñidos del tío abuelo sobre la exuberancia del idioma español y la necesidad de perfeccionarlo hasta la opulencia de sus floridos sonidos.

—Mamá era tan bella —musitó Paul—. Sobre todo así, vestida de limeña.

Intenta alcanzar la sombra con la mano, la sombra feérica de la madre.

—Paul, no me olvides, soy Aline, tu madre. Tu otra

Aline, la primera en tu vida —reclamó ella desde las tinieblas de la habitación.

Pero su hijo poseía una memoria visual y nunca había dejado de percibirla envuelta en una neblina nacarada, y en cada una de las mujeres que había palpado o manoseado con sus dedos temblorosos. Y con su boca ávida.

—Eres el hijo de una niña violada, Paul —le contaba su madre, e insistía—. Violada por su padre. Chazal, sí, mi padre, me violó, y fue condenado a veinte años de trabajo forzado por haberme hecho lo que me hizo... El resto, pues, a ver, un abandono tras de otro. Mi madre me dejó porque quería ser la más socialista de entre los socialistas. Fui abandonada por una retahíla de historias de obreros y de socialistas. Enviada, no, enviada no, tirada en una pensión lejana, olvidada en su soledad... No me olvides, Paul, no hagas lo que hicieron los otros conmigo: borrarme para siempre.

Paul se reclinó en el almohadón. Le dolía el costado, otra vez ese costado que ardía y escocía como si le estuvieran clavando una daga de piedra afilada en la punta.

—Mamá —murmuró—. Mamá. Eres ahora como mi hija, yo soy tu padre. A esta edad pudiera ya ser tu abuelo. Mamá, añoro violarte mil veces, como hizo Chazal contigo. Mamá...

Allá era un Dios. Allá, en Perú, había sido un niño Dios. A los dieciocho meses de nacido, su tío abuelo lo acogió como se acoge a un príncipe; mejor dicho, a un rey. No, por favor, como si le hubieran entregado en sus brazos al mismísimo Dios.

Lima fue su paraíso. Nunca supo allí que su padre había muerto de un aneurisma. Nunca su madre se lo dijo hasta que no estuvieron dispuestos a abandonar el Perú. Lima fue aquel paraíso insólito. Lima, su ciudad-madre, con aquellas niñas tan pizpiretas y en apariencia modosas, sonrientes y caprichosas.

En Lima, su padre, Clovis Gauguin, exiliado, había deseado fundar un periódico con ideas '*voltariennes*', pero había encontrado súbitamente la muerte. Sin embargo, Paul no había sentido como auténtica la desaparición de su padre. Para él seguía viviendo, en otra dimensión, en la dimensión del sueño, en sus ensoñaciones cada vez más frecuentes. ¿Y si esos latidos acompasados que lo acompañaban en sus caminatas no eran otros que los latidos del corazón de su padre?

Su madre había heredado el orgullo de la abuela, Flora Tristán, una gracia además hispana, aunque su belleza se alejaba un tanto de la belleza típica india. Carácter firme, como el de Flora, decidida y acostumbrada a hacer respetar el rigor de sus convicciones.

Aline se vestía de limeña y la habitación se iluminaba con sus mejillas arreboladas y el gesto refinado de sus dedos. Movía las manos de manera discreta. La mantilla le cubría toda la cara, menos un ojo, y un filo de la piel serena y fina. Era un ojo que miraba imperioso y al mismo tiempo tierno y puro, como una caricia. A su madre la habitaban los contrastes, esos que harían más tarde el mayor secreto de su pintura.

Paul se llevó la palma de la mano al rostro, recordó la firmeza de aquella noble dama cuando de vez en vez lo abofeteaba para castigar alguna indisciplina suya. Gran dama, pero antes que nada madre; una madre recta que, con su pequeña mano, jamás reprimía su intención de corregir al niño frente a cualquier desliz.

Para Aline debió de ser muy duro afrontar la muerte del marido, pero peor que perder al esposo fue perder al magnífico padre que Clovis había sido.

Pío, el tío abuelo, empezó a consentirlo: lo dejaba salir, cuando tuvo la edad de hacerlo, y defendía ese derecho frente a Aline.

—Déjalo que se vaya con el chino lavandero y planchador… No le pasará nada, ese chino es lo más bueno que hay en el barrio —rezongaba Pío.

—No, no, no. El otro día lo encontré bañado en melaza de la cabeza a los pies. El chino lo había llevado a esa bodega y allá encontré a Paul escondido, entre dos barriles, chupando caña como un descosido. Fumaba no sé qué en una pipa larga, tallada por los indios.

—No le hará mal, mujer, aprenderá de la vida. Nunca es demasiado tarde ni demasiado temprano, como es el caso, para aprender de la vida —reiteraba su tío abuelo.

«Mi madre fue una gran dama española… —susurró para sí—… Una peruana salvaje también… Vengo de esa mezcla, hay en mí un extraño y rebelde mestizaje. Un grosero marino, sea, es lo que soy. Pero además soy en mí mismo toda una raza, o, mejor, todas las razas. Perfil de inca, descendiente de un Borgia de Aragón, virrey del Perú. Después están todos esos Gauguin, por parte de padre, esa parte desgarrada de la historia. ¡Qué aventura inagotable!»

—¿Cómo has podido intercambiar bolas con aquel chico? En nuestra familia jamás se hacen negocios. ¿Cómo tú, mi hijo, has negociado? Negociar es burdo —le reprochó Aline en una ocasión en la que había intercambiado bolas de cristal con otro niño.

Aline no sabía negociar, cierto. A la hora de defender su herencia a la muerte de su tío pidió todo o nada. Perdió. Fue nada. Ninguna herencia.

—Solo nos queda Isidore, el tío Zizi. Él nos ayudará con la fortuna de tu abuelo Guillaume Gauguin. Nada nos faltará.

Nada les faltó, pero nada les sobró. «Hay una gran cantidad de cosas que no se venden», se repetía para sí Paul en letanía.

El tío Zizi era muy pequeño de estatura, casi un enano. Paul no podía entender que su tío fuera casi de su misma talla. Al llegar a Orléans el 9 de abril de 1855, Zizi los recibió con sobriedad y pulcritud, y enseguida condujo a su sobrino al jardín.

—¿Ves ese gato, Paul querido? —Preguntó con una sonrisa también felina.

Cómo no iba a verlo, era un gato inmenso; parecía una pantera por la forma de su cuerpo y el contoneo al avanzar entre la espesura.

—Yo como gatos, Paul —el niño lo miró asustado—. Lo más apetecible son la cabeza y las orejas. ¡Ah, las orejas crujientes y bien fritas de los gatos!

Paul iba a echarse a llorar de un instante a otro. Los ojos anegados en lágrimas, se llevó los dedos a la boca, aterrado.

—*Mais non, ce n'est pas vrai! Même pas vrai!*[2] —el hombre bajito y regordete soltó una risotada—. ¿Me has creído, Paul? ¿Cómo puedes creer a este loco del tío Zizi?

Paul secó sus lágrimas y sonrió tímido.

A partir de aquel momento el niño quiso huir. A los nueve años intentó fugarse al bosque de Bondy. Solo llevaba un pañuelo anudado con arena dentro colgando de la punta de un palo. Era la imagen que el niño tenía del viajero eterno. Una imagen que lo acompañó siempre, pero de la que desconfiaría al mismo tiempo. El carnicero del pueblo se lo encontró en el camino y lo devolvió a la casa, donde lo esperaba su madre visiblemente angustiada.

El regreso de Paul a Orléans transcurrió de manera traumática, él mismo lo contaría más tarde en uno de sus diarios. Algo le faltaba, algo que buscaba constante sin saber muy bien qué podía ser. Por fin se dio cuenta de que lo que ansiaba hallar no era otra cosa

---

2   *¡Pero no, no es cierto! ¡De verdad que no!* (N. del E.)

que la figura paternal. Extrañaba intensamente a su padre.

Paul recordaba haberse acostado una noche invadido de temblores y llantos. Los miedos y la soledad agujereaban su estómago y estrujaban su corazón. A través de la ventana entró el gato gigante y fue a acostarse a sus pies, en la cama. Paul se sintió más tranquilo. Tal vez su padre había reencarnado en aquel descomunal animal. Paul no quería quedar solo con su madre, asumiendo el cuidado con el que su padre debió proveer a la familia. Era demasiado injusto, Paul se sentía apesadumbrado con la responsabilidad de cuidar de todos porque se daba cuenta de que, para colmo, el tío Zizi no era más que un turulato liliputiense que salía con cada locura, a cuál más repentina y descocada.

«Mamá fue la madre más bella del mundo», se dijo. Y él, para ella, el hijo más hermoso. Ella le había dado a su padre, a su hermana, al tío loco... Ella estaba en el origen de todo y él lo había presentido desde que bostezaba en su vientre.

CAPÍTULO III

Pero entonces el gato cayó enfermo. Estuvo tres días vomitando, hasta que arrojó las bilis ensangrentadas. Paul lo cuidaba con esmero, pero Georges —así se llamaba— se negaba a comer y a beber agua. Las lágrimas corrían por sus belfos. Dormía el día entero y no se despegaba del niño. Paul enfermó con él. Deliraba, aquejado de fiebres y espasmos, vomitaba y se retorcía de un dolor más imaginario que real.

—Paul, Georges murió —le anunció la madre.

Para Paul aquella fue la segunda muerte de su padre.

El padre encarnado en aquel gato de ojos de un amarillo insondable, que en la oscuridad nocturna rutilaban con un verdor espectral. El niño construyó una caja con unas cuantas maderas recogidas en el desván, esculpió algunos motivos con una cuchilla y tomó los pinceles para pintar el sarcófago de una tupida y florecida vegetación, de tal manera que Georges, allá donde fuera, creyese que se encontraba todavía en la enmarañada floresta del patio.

No fue definitivamente la Escuela Naval que anhelaba su madre, pero Paul debió entrar en el Seminario de la Chapelle-Saint-Mesmin, escuela secundaria eclesiástica. Aprendía de manera rápida y los maestros admiraban y elogiaban esa rara pasión por el aprendizaje.

—Esa escuela me hizo mucho bien, en contrario a lo dicho por Henri de Régnier, que la maldita educación de seminario no había aportado nada a mi desarrollo intelectual. Allí fue donde aprendí a odiar la hipocresía, las falsas virtudes, la delación. Y a desconfiar de lo que fuera ajeno a mis instintos, mi corazón y mi razón. Mi fe es una fuerza incondicional a mi lucha —el hombre se reclinó, tomó una vacinilla y escupió en ella—. Allí me habitué a concentrarme en mí mismo. Me fijaba en los profesores, en sus juegos. Fabriqué mis juguetes y mis utensilios con mis propias manos. Asumí mis penas y mis angustias con las responsabilidades que ellas conllevan.

El internado transformó al pequeño Paul en un muchacho decidido y pleno de convicciones. Su entrada coincidió con la mudanza e instalación de Aline, su madre, en París, después de haber heredado una buena parte de los bienes de Guillaume Gauguin.

—Separarme de mamá hizo de mí un joven solitario, pero tuve que tomarme a mí mismo por la mano, y autoconducirme por esos caminos que casi nunca son los del bien. Fue el fin de un paraíso. Un paraíso anclado en lo más hondo de mí, y el que después busqué toda mi vida en otras partes, hasta hallarlo aquí, en Atuona —se llevó el frasquito a los labios.

El líquido viscoso serpenteó en la lengua y alivió el ardor de la garganta.

—¡Mamá, mamá, quiero ir a verte a París, quiero volver a verte, mamá, sentarme en tus rodillas, besar tus arrebolados cachetes! ¿Hace mucho calor en París? ¿Es verano soleado? ¿O llueve espeso, cubriendo la ciudad con una pátina caldosa y gris?

Aline extendió los brazos desde la penumbra:

—Mi pequeño… —musitó, aunque ya Paul había, lo recuerda, cumplido catorce años—… Mi pequeño y dulce niño, deberás prepararte para el concurso de la Escuela Naval…

—Mamá, ¿me curarás? Mamá, alíviame las heridas, por favor… Te amo, Aline, mi madre amada y deseada —Entonces volvió a convertirse en el moribundo abatido.

La mujer se fue emborronando en una silueta translúcida. La silueta, difuminada en sombra ligera, titubeó antes de desaparecer.

Otra figura reemplazó la de Aline. Era aquella mujer alegre que en el Havre, antes de embarcarse el 7 de diciembre de 1865 como aprendiz de remolcador en el Luzitano, hacia Río de Janeiro, se hizo cargo de iniciarlo en los placeres carnales.

—Pablito, chico malo… —sonrió la cantante, que siendo francesa resolvió dirigirse a él en español—. Paul, ven aquí, tócame donde quieras y hasta donde quieras. Penétrame, hazme sentir todo lo que anhelo sentir... Las tetas, hijo, las tetas...

Penetraba por primera vez a una mujer, a una espléndida mujer de treinta años.

—Te voy a amar como nadie te ha amado —susurró fogoso.

—Te voy a cantar como nadie te ha cantado —respondió ella, con los ojos entrecerrados.

La voz vencida de la mujer corrió diluida y ardiente en sus llagas. Hizo una mueca de dolor, uno de esos gestos que tanto habría querido pintar, de poder levantarse del lecho. Sí, cómo deseaba pintar sus gestos adoloridos, que le desencajaban el rostro y chupaban los carrillos.

—No podré darte el placer que mereces. He adelgazado, y mi pene ya no goza del mismo vigor que tenía a los catorce años.

—Oh, muchacho, para mí tú siempre tendrás catorce años. Catorce años, para mí, en la eternidad. Esa eternidad que has esculpido acerca de mí en tu memoria —la mujer besó sus labios resecos, mojándolos con lo que a él se le ocurrió que en lugar de saliva sería un néctar vigoroso.

Paul soñó que volvía a hacerle el amor, y que, apasionado, mordía su fino y perfumado cuello. Ahí, en la nuca, por donde se atrapa a las gatas ruinas con afán de dominarlas.

La cantante inició un canto quejoso y flamenco, mientras acariciaba con su aliento el rostro del hombre, ahora transformado en un mohín afligido, tan parecido al de un crucificado:

—*Madre mía, madre mía de la Amargura, tú eres la madre Milagrosa, la madre de todos los heridos... Ay, madre de todos los cristianos, en tu pecho...*

Cerró los ojos. Llegó el momento. Por fin llegó ese momento en que debía irse, despedirse para siempre.

Paul, llegó ese temido momento... Pero entonces, en lo hondo y transparente de sus pupilas agrietadas, reapareció el flamante jovenzuelo deseoso.

CAPÍTULO IV

A los veintitrés años Paul pensaba que había malogrado su vida y perdido su tiempo. Su madre, antes de morir, lo dejó bajo la tutoría de Gustave, su marido. Necesitó acercarse, refugiarse en su hermana. Allá fue a mudarse con Marie, cerca de la casa de los Arosa, que habían adoptado a su hermana mayor. Ambos se mudaron a pocos pasos del 52 de la calle Notre-Dame-de-Lorette, en donde en otro tiempo vivieron los antepasados Gauguin, y donde los hermanos habían nacido.

Pero el joven Paul no le dio ningún tipo de importancia a la coincidencia; quería escapar de una vez y por todas de los sentimentalismos y de las emociones trágicas. Bastante había tenido con las lágrimas derramadas en sus anteriores viajes y durante el servicio militar.

Los viajes habían enriquecido su espíritu, aunque

también fatigado su cuerpo. Los viajes habían sido su más pura enseñanza.

Después de aquel 29 de octubre en el que tuvo que volver a salir rumbo a Chile, promovido con el cargo de segundo lugarteniente, y por lo que ganaba 50 francos mensuales, no se había detenido un solo instante a descansar ni a reflexionar sobre su vida y sus proyectos. La tan anhelada vuelta al mundo había empezado, y solo deseaba concentrarse en ella.

De Chile a Panamá, pasó también por el Estrecho de Magallanes, donde su padre murió. Lo sorprendió un terremoto en Perú.

En medio del seísmo amó a una mujer. Fue seducido por su mirada penetrante, ojos grandes, negros. La joven huía, corría sin sentido. Él la atrapó y la tomó en sus brazos, la arrastró hacia un establecimiento vacío, ruinoso.

—Será mejor salir de aquí, todo tiembla… —murmuró ella con una voz más trepidante que la tierra.

—No. Será mejor morir aquí, abrazándonos, besándonos —y la mordió en los labios.

Tal vez la chica pensó que sería su último día en este mundo, y se entregó a él. Era virgen. Por fin una virgen. Paul lamió su cuerpo, masticó con suavidad los senos, devoró su sexo, y la penetró suave.

Afuera la tierra se rajaba por todas partes, los inmuebles caían como naipes de una baraja.

Después de amarse con dulzura y también con frenesí, Irma salió corriendo, dejándolo extenuado, todavía sin fuerzas para ir detrás de ella. Pese a eso intentó perseguirla, pero la muchacha había desaparecido, quién sabe si aplastada por un inmueble que se desmoronó ante su absorta mirada.

Gran parte de Iquitos fue desplomándose. En el mar las olas jugaban con los barcos como si fueran raquetas de pimpón. Paul no podía creer lo que sus ojos veían. Y lo que veía, en el fondo, le daba placer. El placer de la excitante aventura.

Regresó a Francia a través de la Polinesia. En India se enteró de la muerte de Aline, la madre adorada, el 7 de julio en Saint-Cloud. Sabía que su vida había tomado el giro sin retorno, ese en el que los padres no están más para frenar los instintos o, por el contrario, para dar alas a los sueños y deseos.

Cuando en el mes de diciembre llegó a París, apenas pudo retirarse a lamentar la muerte de quien lo trajo al mundo. Debió responder de inmediato al reclamo del servicio militar. En el mes de febrero embarcó como marino de tercera clase en una corbeta rápida, en el *Jérôme Napoleón*.

Recorrió sin descanso los océanos más improbables, desde el Mediterráneo hasta los Círculos Polares, y cuando se produjo la declaración de guerra, patrulló los mares del Norte.

La República fue por fin proclamada; la corbeta había sido rebautizada como el *Desaix*. A bordo de esa corbeta participó en la captura de cuatro barcos alemanes. Paul debió dedicarse a la vigilancia y guardia de uno de ellos. En eso trabajó sin descanso hasta que fue liberado de sus responsabilidades, el 23 de abril de 1871, en Toulon. Tuvo derecho a unas vacaciones de diez meses, con renovación del cargo. Con todo ello, habían transcurrido cinco largos años de recorrido íntimo entre él y los océanos.

La tragedia de La Comuna no lo tomó por sorpresa, y aunque creyó que no se vería perjudicado, se vio implicado sin quererlo. El 25 de enero Saint-Cloud fue tomado por asalto e incendiado por los prusianos. La residencia de Aline, enteramente destruida; con su destrucción se perdieron, engullidos por el fuego, los recuerdos de toda una vida, documentos familiares, y los tesoros que habían traído con gran cuidado desde el Perú: cerámicas, platería, objetos de gran valor sentimental para Paul.

Con veintitrés años se vio sin nada. Lo único que lo enlazaba con el pasado era su tío Zizi, Isidoro, en Orléans, y su hermana Marie, que al haber sido adoptada por los Arosa, más bien pertenecía a ellos. Allí, en el seno familiar de los Arosa, encontró Paul un hogar, y un apoyo que nunca habría imaginado que pudiera ampararlo.

Sin embargo, se sintió desilusionado; no tenía idea de por qué había perdido el tiempo. Porque con toda evidencia lo había perdido al surcar los mares, esos mares de Dios, así pensó sin remedio en aquel momento de aturullamiento.

«¿Qué haré de mi vida, qué hacer?», se preguntaba para sus adentros mientras recorría las desoladas calles.

No volvería a la marina, había dejado todo interés, y un peso muy grande lo angustiaba. Su madre ya no estaba para consolarlo y aconsejarle. Se hallaba solo y extraviado en sus pensamientos, pensaba más que vivía. Su hermana y él, solos. Pero él mucho más solo que su hermana, pues ella al menos podía contar con el cariño de los Arosa; él, por el momento, solamente con su sostén.

—No te inquietes, querido hijo —así le llamó Gustave Arosa, asumiendo su tutoría de inmediato—, he hablado con Monsieur Paul Bertin y entrarás como agente de cambio, o sea, como *'courtier'*, en su agencia. Es su yerno quien dirige la carga del cambio. Tu oficio consistirá en tomar las órdenes de los especuladores y colocarlos en la mejor posición para la ganancia y el triunfo. Tu infancia te ha enseñado, hijo, que...

—... Que hay que ser prácticos en negocios de interés.

Paul entrecruzó los dedos y adoptó una posición erguida, muy metido en su nuevo papel. Agradeció que lo llamara «hijo».

—Eso, hijo, eso... —Gustave Arosa sonrió satisfecho—. Paul, eres un hombre inteligente. Te irá bien en la vida.

Palmeó su hombro de manera afectuosa. Hizo un gesto con los brazos y las manos abiertos:

—Esta es tu casa, todo lo que hay aquí en arte y en libros podrás disfrutarlo y aprender de ellos como si te pertenecieran.

El muchacho sonrió, apreciaba el gesto de su tutor. Ese mismo día dedicó el máximo interés a estudiar cada pieza de la vasta colección de pinturas y cerámicas, de planchas fotográficas, y de todo el arte que abrigaba aquella sólida residencia. Mientras más observaba aquellas magníficas obras más misterios le desvelaban, engrandeciendo la fuerza, hasta ese instante oculta, de sus emociones. El arte era creación, la creación era emoción, se decía. Y además deseo, amor y deseo: libertad.

—Soy un deseoso, un inagotable deseoso de creación y libertad —argumentó, invadido por la alegría.

Había perdido la opulencia de su niñez en el Perú para carenar en la mediocridad, el encierro y el secretismo de la provincia francesa. Solo el arte podía liberarlo.

Pero la vida al mismo tiempo, con el dinero, era fácil. Triunfar en la Bolsa le puso el dinero, casi regalado, en las manos. Grandes sumas que, después de las graves contiendas por las que había atravesado el país, daban la impresión de que la prosperidad por fin los amparaba, y sin demasiado esfuerzo. Aunque no se hablaba de dinero en la casa de los Arosa; prohibido mencionar tan sucia e indigna palabra, incluso si ganarlo de manera abundante estuviese en el origen de tanta simpatía hacia su persona.

Un negociador. Aunque Aline nunca hubiera permitido que negociara, cualquier cosa menos un negociador. Y paradójicamente era en lo que las circunstancias lo habían convertido.

Paul adoraba pasar el tiempo mientras observaba las maniobras de Marguerite, la hija menor de los Arosa, frente a un lienzo. Con sus dieciséis años apenas, Marguerite tenía planes de exponer, y lo consiguió en 1882. La joven alcanzó una cierta celebridad al ser elegida miembro de la Unión de Mujeres

Pintoras y Escultoras. Paul admiraba a Marguerite, y ella gozaba calladamente de esa admiración.

Las manos de Marguerite mientras manejaban los pinceles aparecieron en innumerables sueños y evocaciones del pintor en que se convertiría Gauguin.

—La inteligencia de una mujer reside en la voluptuosidad de sus manos. En sus ojos, el ardor. En las manos, su conocimiento —Paul jamás olvidaría aquellas manos que trajinaban delicadas con los colores más cautivadores. Y la blancura del lienzo, en franca rivalidad con el silencio de la autora de aquellas insólitas pinturas.

La seducción entre los seres humanos va desde la mirada al movimiento o el descanso de las manos. Había una forma de bajar los párpados en ella, cuando mezclaba los colores en la paleta, que obedecía a un impulso que solo podía provenir de un estado majestuoso de la creación, pensó él. Sin embargo, tomaba el pincel de manera firme y precisa, como si sus ojos se transformaran en la yema de sus dedos, y estos se aferraban al pincel que a la vez traducía la idea o la impresión en el lienzo. Observar pintar a Marguerite equivalía a varios viajes alrededor del mundo. Con ella supo viajar alrededor de la pintura, que era el único mundo que a él le interesaba a plenitud.

Abrió la ventana. Las nubes habían descendido. Creyó que podría tocarlas y se sintió más alegre que nunca.

CAPÍTULO V

Desde el primer día en que la conoció se aburrió junto a ella. Sucedió en un baile de disfraces, pero pese a la conversación que sostuvieron, exenta de cualquier encanto, y de los extensos silencios desprovistos de significado, Paul presintió que ella podía ser la esposa que necesitaba. Quizá también la madre de sus hijos. Pero intuyó que no sería nunca una persona con la que podría divertirse.

No, no poseía ninguna gracia. Nada en sus movimientos indicaba candor o pasión; tampoco destacaba en el vestir. Las manos delataban su completa ineptitud, sosas. Andaba con una desganada rigidez, y cuando sonreía se le hundía la mirada en un pozo insondable. Quiso bailar con ella, y se negó.

—Tampoco baila. Vaya, vaya, todo un tesoro —ironizó Paul entre dientes.

—¿Dijo usted algo? —inquirió ella con esa vacuidad helada en las pupilas, de una claridad mortuoria.

El joven banquero no supo qué responder, y lo hizo a la manera socrática, con otra pregunta:

—¿Ama usted el arte?

—¿Qué tipo de arte? —la insipidez de su respuesta enfrió al hombre.

—El arte en general, la música. O, por ejemplo, la pintura.

—Debo de tener vocación para la enseñanza. Me agradaría ser institutriz. No conozco demasiados pintores, no estoy para nada interesada. La música sí, aunque solo a veces —afirmó muy segura de sus palabras, como casi todos los altaneros.

—¿Por qué no le interesa la pintura? —Insistió Paul, que no podía negar que su rispidez lo atraía.

—Puede que la pintura llegue algún día a interesarme, no reniego de esa probabilidad. Pero casi todos los pintores mueren pobres. Resulta aterrador, ¿no? —Sus finos labios vibraron.

Intuyó que para conquistarla debía seguir siendo el exitoso banquero, y esconder en lo más profundo de su existencia la vocación de artista que cada vez le ganaba más a lo que él consideraba su penosa ansiedad.

—Señor Gauguin, ¿me acompaña a un paseo por el jardín? —y los delgados labios tensaron la pregunta en un caprichoso ademán.

Tampoco le agradaron esos labios. No invitaban a ser besados, y mucho menos deseados. Sin embargo, presintió que en algún momento debería besarla, cumplir con el ritual e inventar en la sequedad de esa boca algún exótico malabarismo de las ganas. Adiestrarla en la inflamación de la llama.

Por fin admitió que se comprometería con la estoica danesa, Mette-Sophie Gad, sin siquiera dar un primer beso en aquella boca repelente. Desde el inicio intuyó que en lo único en lo que la señorita Gad le haría sentirse seguro sería en su lealtad conyugal y en su alto sentido maternal de la responsabilidad.

La joven decidió pasar el primer verano de sus relaciones junto a su familia, en Dinamarca, antes de contraer matrimonio con el exitoso aprendiz de banquero.

Paul no la extrañó. No obstante, al mismo tiempo y sin saber por qué, se aburría con su ausencia. Quizás se debía a una cierta dependencia de lo imposible. Fue entonces cuando empezó a pintar de manera más sensata, y coordinó sus horarios, en sus ratos libres, con los largos paseos y la pintura. Tan inspirado estaba que logró progresos insospechados. Cuando podía, empleaba jornadas enteras, de más de diez horas, en culminar apenas unos trazos de un retrato.

Una amiga de su novia, la modelo Marie Heegaard, que posó para él y para la joven Margot, la hija de los Arosa, admiraba su empeño, y así se lo contaba mediante correspondencia a Mette-Sophie. Paul se sintió feliz al ser reconocido, pero sobre todo al notar que su retrato se parecía bastante al que había terminado Marguerite, su Margot, la joven amiga.

Mette-Sophie, con sus veintidós años, y una vigorosa cultura general, demasiado general, su dominio perfecto del francés, ¿entendería aquel anhelo de artista? Mette-Sophie, huérfana y gobernante de los niños del Ministro Estrup, desde los diecisiete años, ¿comprendería a este otro huérfano que le tocaría en suerte como marido?

Quiso pintar a Mette-Sophie, pero tenía demasiado fijas en sus moldes a su abuela y a su madre. La danesa era todo lo contrario: de una sobriedad masculina, complexión fuerte, estirada, nórdica-luterana. Se dijo, queriéndose engatusar a sí mismo con la idea, que tal vez por eso le atraía, porque se encontraba en las antípodas de esos modelos femeninos familiares. Nada en ella era gracejo, sino más bien cálculo, matemático movimiento, suplicio y desproporción. Un dejar estar, hombruno, con el que Paul por el contrario simpatizaba, seducido por la novedad y reafirmado en una suerte de control autoritario que satisfacía su seguridad.

A Paul le atraía el hombre que su novia podía aparentar. A ella le seducía el dinero que el banquero podría aportar. Imbuidos por esa doble y engañosa ilusión, se casaron. Mette contrajo nupcias con un triunfador potencial, y él con la compañera que suponía lo respaldaría algún día en su vehemencia oculta: la pintura. La boda aconteció una mañana de otoño, en el templo luterano de la calle Chauchat.

Instalados en el nuevo apartamento de la Plaza Saint-Georges, por fin sus cuerpos comulgaron tibios en el antojo, más que en el deseo. Y tras un incierto e incómodo embarazo, nació Emil, un hermoso y rollizo varón que dejó exhausta a la madre y acentuó una inesperada fragilidad y melancolía en su carácter.

—Debemos buscar un apartamento más claro —rogó Mette al marido—, aquí apenas entra el sol.

Él le dio la razón. Le preocupaba la palidez natural de su hijo, demasiado blanco, translúcido, al que se le podían contar los riachuelos de sus venas azules.

En 1875 se mudaron a un apartamento mucho más grande y luminoso, en el barrio de Chaillot, donde una de las piezas le servía de atelier de pintura.

—¿Qué pintas? —Mette entró en el estudio de forma intempestiva.

—El bosque, mi amor, pinto el bosque…

—No sé a qué escuelas quieres imitar, pero no veo ningún trazo que defina nada… —quiso ser dulce y pegó su cuerpo a la espalda del marido.

—No pertenezco a ninguna escuela, no me identifico con ningún maestro —respondió seco mientras observaba a través de la ventana.

Mette se encogió de hombros y salió de la pieza un poco molesta, luego de espetarle:

—No sé qué miras tanto rato a través de esa ventana.

—Me miro a mí por dentro —Paul suspiró, agotado.

El pintor resentía esa molestia. También más tarde su hermana Marie se lo reprocharía. Opinaba que pasaba demasiadas horas entretenido frente al caballete, que su mujer se inquietaba por el dinero que dejaba de ganar en ese tiempo desperdiciado, y que para colmo sufría debido a la poca atención que le brindaba a la familia.

Su mirada se perdió en un riachuelo imaginario; o tal vez sería el mismo riachuelo que bordeaba de niño en la campiña peruana.

—Un día enfermaré y ninguno de ellos estará a mi lado —murmuró mientras encerraba en un círculo imaginario, con su dedo, la parte más tupida del jardín—. Ni Mette, ni Marie, ni Emil... Bah, ¿qué cosas estoy diciendo?

Volvió al caballete, pero la irrupción de Mette había paralizado los impulsos y ganas de pintar. Huyó de la habitación para dirigirse a la cocina a beber una copa de vino.

Descubrió a su esposa de espaldas, frente al ojo de buey. Lloraba silenciosa.

—¿Por qué lloras, amor mío? —intentó acariciarla, pero ella esquivó su mano.

—Necesito volver a Dinamarca. Quiero estar más tiempo con mi familia —gimoteó, evitando la confrontación visual entre ambos.

—Mette-Sophie, haz lo que quieras, puedo quedarme con Emil. Marie me ayudará...

—No, Emil vendrá conmigo. Es muy pequeño, no podría estar sin mí, ni yo sin él.

—Yo no podré estar sin ustedes —susurró enternecido.

—Podrás pintar, la soledad te vendrá bien para la pintura. Cuando pintas presiento que molestamos, que el niño y yo te impedimos volcarte más en los lienzos.

Paul abrazó a su mujer. Besó su cuello con delicadeza y esmero:

—Mette, ¿cómo puedes decir semejante tontería? Con ustedes aquí me siento más seguro para todo esto... Créeme... Los amo. *Je vous aime...* Desearía que estemos juntos cuando vaya a conocer a Pissarro, ansío que los tres presenciemos ese gran instante. Me han hablado mucho de él, de su inmenso talento, de esa obra detallista, rayando la perfección.

—Paul, deja de soñar. Necesitamos más dinero. Estoy viendo que te abandonas, y en lugar de subir de nivel en tu carrera bursátil te pierdes en estas nimiedades. Tendremos más hijos, con toda seguridad. No consentiré que vivamos siempre en la miseria.

—Mette-Sophie, por favor, no exageres, no vivimos en la miseria...

La mujer acalló los carnosos labios con sus dedos.

—Piensa, marido mío, piensa un poco; no te dejes atrapar por absurdas quimeras... —le dio la espalda y decidió volver al cuarto donde Emil reclamaba atención con sus jeremiqueos.

Paul cayó desmoronado en la silla.

—Sí... Más hijos. Menos cuadros —masculló.

CAPÍTULO VI

La pequeña y anhelada Aline vino al mundo cuando por fin pudieron instalarse en el callejón Frémin, en el barrio de Montparnasse, pleno de talleres de escultores, donde Auguste Rodin tenía su concurrido atelier. Para entonces Paul mantenía correspondencia y una incipiente amistad con Camille Pissarro y Edgar Degas, sus dos venerados maestros.

Paul se había convertido en el vendedor de las obras de Pissarro, con lo que su situación financiera había mejorado considerablemente, y este último había apreciado las obras de su negociador; sobre todo el pequeño busto de su hijo Emil, esculpido en madera y vaciado en bronce.

—Son magníficas esas obras. De verdad, no le miento. Tienen la luz del alma... —Pissarro sonrió—. Le invito a mi atelier. ¿Estaría dispuesto?

—Por supuesto, maestro, es lo que más deseo...
—sus ojos brillaron entusiasmados.

Pissarro acarició su elegante barba blanca y volvió a sonreír:

—Es usted un autodidacta muy profesional —fue el mayor elogio que recibiría de quien él más admiraba—. También intuyo que está usted dispuesto a todo...

—¿A todo...? —hizo como si no entendiera, aunque lo entendía, porque también lo presentía. ¡Oh, y cómo lo presentía!

—Sí, a abandonar *todo* por el arte, estimado Gauguin, a abandonar *todo* esto por la pintura. A entregar su existencia a la Diosa más poderosa. No se puede servir más que a esa Diosa. Ella así lo exige.

¿Estaba entonces dispuesto?, se preguntó Paul. Siempre lo estuvo, quizás él mismo no sabía definirlo. No solo andaba buscando cambiar de oficio, ansiaba sobre todo convertirse en un gran artista, y también ser reconocido por ello, por su arte, por la pintura y la escultura.

—Hay que cortar el cable que nos amarra a la vida burguesa —suspiró Pissarro, citando a Armand Guillaumin.

Él era un empleado correcto, sabio y responsable; o al menos eso hacía creer a los demás. Y se lo hacía creer a sí mismo. ¿Era esa su verdad como hombre, como artista? No, una voz interior le repetía: no, no, no. Como tampoco Mette-Sophie tenía por qué ser la mujer de su vida. Pero ahí estaba, en su vida, en su falsa vida de burgués triunfador. Y ella así lo amaba, triunfador.

Tampoco podía identificarse —y mucho menos convenirle— el transformarse en un anarquista, incluso si esa forma de resistencia hacía que retornara a su infancia peruana, donde parecía que nada estaba prohibido y que el único camino hacia la libertad era romper con los cánones de las apariencias que regían, imponían, frustraban. Pero Paul no deseaba ser un frustrado.

Mette-Sophie no estaría de acuerdo con que él abandonara todo aquel mundo de soñadas opulencias. Mucho menos lo aprobarían sus compañeros del banco. Ni uno solo dejó de llevarse las manos a la cabeza o de voltear los ojos en blanco cuando él les presentó la decisión como casi tomada y dada por hecho.

—Obedezca usted solamente a sus impulsos. Eso le calmará, estimado Gauguin —reiteró Pissarro.

Obedecía, sí, obedecía a las sensaciones por encima de todo, a esas sensaciones de inmenso placer que le invadían cuando terminaba una obra. Y a esas otras de desasosiego cuando caía en trance, ávido de culminarla.

—Todo lo veía yo a través de la ventana, esa ventana de 66 por 100 centímetros, y como si ella diera inevitablemente al mar —el hombre, parecido a un anciano a la sazón, muy fatigado, se echó a un lado y con esfuerzo alcanzó el frasco conteniendo el láudano; tragó grandes sorbos—. Enfrente siempre tuve un muro. Mi trabajo era cavar con los pinceles en medio de ese muro. Cavar hasta que apareciera una ventana, como un paisaje, en forma de extensión marina, de oleaje en movimiento perenne, lejano en el horizonte. Mi afán, mi sueño, mi amor... Buscaba el verde, entre los morados y los azules. Indagaba en el verde crudo, fértil, el verde de las profundidades selváticas. Provocaba dialogar con Pissarro y Cézanne a través del color que para mí resumía el verdadero sentido del impresionismo. Pero Vincent no me entendió nunca. Ah, pobre Vincent, con ese bendito encaprichamiento, esa tormentosa obsesión con los azules puros. Qué equivocado estuvo toda su vida. El verde, solo el verde. El verde solitario. El verde y la soledad. El verde soleado.

En su lecho de enfermo Paul evocó el andar sereno y elegante de Pissarro, su mirada intensa, las referencias a Cézanne.

—Es un hombre solitario. Como usted, también Cézanne lo es como usted. Un lobo solitario. Pero usted todavía no ha apreciado lo suficiente esa condición en su obra. Llegará, llegará con la edad y los viajes. ¿Viajará usted?

Paul no supo en aquel momento responder lo que sentía bullir en su interior. ¡Una avidez de viajes, de volver al mar, a otras tierras! ¡De huir!

—Tengo una familia, me debo a ella. Viajar, ya he viajado... —respondió en cambio, contenido.

—Claro, por supuesto que tiene usted a su familia, pero por encima de todas las familias de este mundo tendremos más que nada y que nadie al Arte. Me despido, querido amigo.

Pissarro y Gauguin se abrazaron.

El hombre regresó al taller, debía confeccionar sus marcos, montar los lienzos. Un trabajo que también lo colmaba de un deleite incomparable: clavetear, estirar la tela, adornar la madera del marco con repujados y pinceladas. El tratamiento del acabado le fascinaba tanto como pintar.

Un retrato de Mette-Sophie concentrada en la costura, embarazada de Clovis, un desnudo apaisado de una desconocida, y el verdor de una foresta… Las obras se sucedían a montones, mientras el transcurso de sus gestiones como banquero le hacían ganar más y más dinero. Había sido trasladado a una empresa de gestión de valores en una compañía de seguros, lo que le permitió una situación más desahogada, y además pudo así mudar su atelier a un sitio aparte.

«En la calle *Carcel*, querido Pissarro, encontré este lugar sorprendente, por la suma de setecientos francos. Es un atelier de seis metros por cinco, más dos grandes piezas y una más pequeña. Tiene todos los beneficios y comodidades de una exquisita propiedad», escribió en una carta a su Maestro.

Compró el mobiliario perfecto y estrictamente necesario. Allí se instaló, allí produjo aquel primer desnudo, que no era tan poco detallado como aquel otro donde aparecía la criada. Este era su primer desnudo riguroso, de una aspereza que daba ganas de aliviar, de acariciar con las yemas de los dedos.

—Suzanne, acomódese, desabróchese la blusa, muestre lo que quiera usted mostrar —murmuró Paul a la invitada.

El cuerpo deshecho y marchito adoptó una posición descuidada y de una futilidad impactantes. Esa valiente vulgaridad impresionó al pintor. El grado de honesta realidad le satisfizo. Fijó sus ojos en las rodillas agrietadas, fláccidas y huesudas. Subió la mirada por los muslos hasta el pubis y el vientre plisado en dos. Pensó que Suzanne no podía exhibirse más bella para ser pintada en ese mismo instante.

—Es usted una mujer muy hermosa —balbució.

Ella, apenada, escondió su rostro entre las manos.

—No lo soy, no lo soy... De niña, tal vez. Pero las niñas lindas cuando crecen se vuelven horrorosas.

Paul terminó el desnudo de Suzanne extenuado, pero eufórico. Sabía que había logrado una obra estelar. Joris-Karl Huysmans, después de descubrir la obra expuesta en una exposición impresionista, comentó:

—No tengo ningún temor o reparo en afirmar que, entre los pintores contemporáneos que han trabajado el desnudo, ninguno todavía, hasta ahora, había aportado una nota tan vehemente en lo real... Soy muy feliz de aclamar a un artista que ha experimentado, tanto como yo, el imperioso desagrado de los maniquíes con los senos medidos y rosados, y de vientres pequeños y duros... Hasta hoy solo Rembrandt había pintado el desnudo... El señor Gauguin es el primero en poder representar a las mujeres de nuestros días...

Lo dicho fue escrito *a posteriori*. Y leído por Paul en 1883. Paul no entendió o no quiso entender. Nadie podía entender que él había sido seducido más por la literatura del cuerpo de una mujer que por el lado pictórico realista. Él había pintado lo que Suzanne le había revelado a través de la escritura de su cuerpo, nada en sus líneas y modestas protuberancias le había inspirado. Ella había sido su Suzanne, como la Suzanne de la Biblia, sorprendida por los vejestorios, y también por los pintores —él en este caso— mientras que ella ni siquiera se daba cuenta y tampoco atendía al abandono de sus gestos.

Paul había anhelado hacer el amor con Suzanne. De hecho, más tarde se habían acostado, pero en verdad sucedió a la inversa: fue la pintura quien lo acordonó y lo poseyó, y no él a ella, ni la mujer a él. Solo la pintura los poseyó.

Mientras pincelaba los trazos escuchaba los gemidos de los colores. Podía oír los escalofríos y sentir los latidos de las pigmentaciones, palpar el calor de la carne húmeda en las turgencias del óleo. Por fin, el ocre y el rojo se fundieron en un alborotado orgasmo. Frente al caballete, Paul respiraba excitado, descompuesto. Una mancha grande de semen encalaba su pantalón. Le había sucedido lo mismo que contaban que ocurría a algunos toreros cuando rejonean, que la emoción de exponerse frente al toro y de encajarle la estocada mortal les provoca contumaces espasmos, con sus correspondientes eyaculaciones. Paul había experimentado lo mismo mientras pintaba a Suzanne, porque para él acometer un desnudo significaba poner todo su deseo y su fuerza viril en la lidia y en la pica de esa bestia en la que se transformaban el lienzo y el mejunje de tonos. Pintar no solo conllevaba un esfuerzo mental, requería además una insaciable entrega física y sexual.

Días antes de terminar la obra, después de hacer el amor con Suzanne, sostuvo con ella una extraña conversación.

—Estabas lejano —farfulló Suzanne—. Me hacías el amor pero no estabas en mí, no te sentí en mí.

Nunca ninguna mujer le había reprochado de tal modo. Paul esbozó una sonrisa:

—A través de ti he estado más allá de ti. O sea, a través de tu cuerpo he podido atravesar un más allá imponderable. No sabría explicarte, Suzanne, créeme...

—Te entiendo, no hace falta que me expliques nada. Todos los artistas son iguales, dicen cualquier tontería... —soltó ella tosca, indolente, al menos a Paul le sonó agria.

—¿Te ha gustado? —acarició con el dorso de la mano el hombro enjuto.

—Me gustará más verme en el cuadro.

—Has entendido, mujer, lo has entendido. No se trata de ti, ni de mí. Es al final la creación artística lo que nos ha ocurrido, lo que tendrá verdadera trascendencia.

Suzanne suspiró, enfiló el vestido verde y se dispuso a partir.

—Eres un hombre amable, Gauguin, aunque demasiado soñador —¿estaría enojada?

—Gracias, Suzanne —Paul apenas tuvo tiempo de

advertir su enojo. Besó la cabellera y atrapó su aroma a jazmín quemado.

Salieron juntos a la calle, y en medio de la acera él se detuvo para comprarle un ramo de peonias malvas.

CAPÍTULO VII

El 12 de abril de 1881, en plena exposición colectiva, nació su cuarto hijo. Paul recordaba aquel año como un gran momento de cambio en su pintura y en su evolución social como artista. Sin embargo, muy pronto debió regresar al cuidado del bebé, a los pañales, a los paseos en cochecito, a la privacidad del nacimiento, que lo volcaría en las labores domésticas compartidas con su esposa, cuando disponía de tiempo, y en el estudio de la pintura china y las estampas japonesas.

La rutina cotidiana posterior al parto de Mette-Sophie, así como el retiro dedicado al estudio de esas pinturas, dieron como resultado sorprendentes metamorfosis en su obra en diversas etapas; ambos temas se vieron reflejados en ella de forma más madura y calmada.

Su vida familiar y su ascenso como pintor iban relativamente bien cuando, de forma imprevista, comenzó a empeorar la situación laboral. La actividad social como banquero se tambaleaba, la quiebra de la Banca Leonesa hizo sonar todas las alarmas. Cayeron las acciones de la banca católica de la Unión General. Paul sospechaba que aquello podía ser el principio del fin de una época fastuosa. El mercado del arte caería también sin remedio, y él contaba justo en ese momento con la posibilidad de su alza.

«No puedo pasar toda mi vida en las finanzas, sacrificar mi pintura y quedarme enterrado como un *amateur*», escribió a Pissarro.

Paul, enterrado en su camastro, enfermo y moribundo, recordó esa carta no sin cierta añoranza:

> «… me he metido en la cabeza que seré pintor. Desde que advierta el horizonte menos oscuro, y que pueda ganar mi vida con la pintura, me dedicaré literalmente a ello. ¡Esta eventualidad del derrumbe bursátil me provoca una ira!…»

—Oh, qué indeciso me sentía, qué poca certeza me asistía entonces…

El hombre tosió, y el rostro descarnado enrojeció debido al pujo de la tos. Palideció.

> «Maestro, no poseo el tiempo necesario para cumplir con un seguimiento de mi obra. No pierdo el ímpetu y espero que las largas reflexiones, y las observaciones, desmenuzadas poco a poco en mi memoria, me permitan recuperar el tiempo perdido».

Pissarro pensaría que se estaba volviendo loco.

Eso se dijo mientras se inyectaba las gotas de morfina; poca, muy poca, debía poner cuidado en no extralimitarse. Ya bastante lo había hecho en el pasado.

«Tras la primera exposición me sentí asqueado de todos esos hombres en particular. Siento más y más que vivimos en una época en la que domina la ferocidad por el dinero, y a esos les acapara la envidia. Envidias de todas las especies, de las más bajas. Da igual. Vivir esas experiencias me proyectó con mayor fuerza hacia la pintura, que es mi único objetivo. Deseo vencer gracias al talento, pese a las dificultades, las que no tienen los que pueden dedicar todo el tiempo, todo el año, a estudiar. No es mi caso, querido Pissarro».

El Maestro y amigo no tardó en responderle:

«¿Sabía que Guillaumin considera que es usted rudo y hasta algo maleducado, y que no es una buena compañía; pero que, sin embargo, se siente feliz de verlo a usted cercano a mí?».

Paul sonrió al rememorar aquellas palabras. Estaba tan ilusionado con aquella otra exposición de 1882. *L'Usine à gaz*, un pastel suyo, causó sensación. Casi todas las obras reproducían escenas familiares vividas y reinventadas por él, retocadas para saciar el afán de embellecer la rutina que embargaba sus días.

¡Cómo le gustaría comentar con su amigo Pissarro —ahora que su existencia por fin empezaba a derrumbarse— aquellos días tan tormentosos, en los que creía que llegaría el otro fin!

Pero, pobre Paul, se dijo. Mírate, no hay más fin que la muerte. Y como corresponde, ella, la Parca, te buscó y eligió justo en el instante en que todo podría irte mejor en la vida. Casi siempre es así, y no de otra manera.

«Trabaje la madera, amigo Gauguin, se le da a usted de manera maravillosa y muy especial eso de pensar y trabajar la madera», reiteraba Pissarro.

Obedeció, trabajó con denuedo la madera; tanto que sus dedos empezaron a endurecerse, como la madera misma. Fundirse con ella le provocaba un placer inaudito. El desconcierto acrecentaba sus impulsos creativos.

—Estoy muy confundido, Maestro. Creo que usted se equivoca, no sé si se puede ganar dinero con la escultura en madera. Me refiero a la escultura inteligente. ¡Ni sé! ¿Y la buena pintura, se vende fácilmente?

—Nada se vende ahora mismo. Lo que se venda, en todo caso, se venderá después, mucho después. Igual ni siquiera estaremos vivos para disfrutarlo —Pissarro acarició su barba de manera enigmática—. Tome un buen baño caliente, Gauguin, cene con su esposa, después salga a dar un paseo. La noche promete. Mire, casi florece ya la primavera. Yo debo volver a mi atelier. Envejezco y llevo premura con las ideas que debiera acabar antes de irme de este mundo.

Paul tomó ese baño hirviente; sin embargo, no cenó con Mette-Sophie. Le inventó que debía encontrarse con un inversor cercano a Durand-Ruel. En realidad salió a caminar, a perderse en la noche parisina. Las temperaturas habían subido, lo que apreció agradecido. Estaba harto de la rudeza del invierno.

Los vientos de cuaresma refrescaron su rostro y batieron suaves la melena que agraciaba su cuello. París era muy distinto de noche, y cuando asomaba la primavera se podía respirar una especie de dulzor en el ambiente que él no había inhalado nunca en otro lugar.

Unos días después de aquella noche en la que vagó sin rumbo fijo, yendo de un barrio a otro de París, y en que recordó las palabras de Édouard Manet frente a uno de sus cuadros —«es un trabajo muy fino»—, murió ese otro gran Maestro.

Él no era más que un *amateur*, respondió sin vacilaciones a Manet. «Que no, que no existen los *amateurs*; los únicos *amateurs* son los que pintan mal», le aseguró Manet. Paul entrecerró los ojos, como un gato cuando le acarician la barriga acabado de comer.

Edouard Manet había muerto y él no quiso acercarse al entierro. Se le acumulaba el trabajo atrasado, y en el fondo no quería aceptar la desaparición del amigo.

Ahora, que ya no puede ni con su alma, piensa que a él le habría gustado que Manet asistiera a su sepelio. Que estuviera allí, con la mirada vivaracha y límpida, y que volviera a repetir aquellas palabras frente a uno de sus óleos:

—Es un cuadro muy, pero que muy fino, amigo Gauguin —mientras estrechaba su aterida mano entre las suyas, tan tersas y tibias.

Manet siempre se había portado como un caballero, y como un artista leal a la pintura más que a la literatura. No era el caso de Huysmans, que no había entendido su segunda exposición, y en lugar de haber sido puntual y certero como en la primera, más bien se había ido por el camino obvio y elemental del sentimiento literario. Tampoco entendía a Degas, como si de algún modo lo hubiese traicionado. No se lo perdonó nunca. Por Degas sentía una admiración también desmesurada. Degas era ineludiblemente su otro Maestro, pero debía reconocer que no se había portado a la altura de Manet ni de Pissarro.

—¿Cómo pudo haberme tratado así? He estado tan cercano estéticamente de él, le he sido tan fiel... No comprendo sus exigencias —comentó con su esposa.

—Paul, no me agrada que te hagan sufrir. Entre los pintores, como entre los escritores, las envidias y los ataques son feroces. No vale la pena trabajar tanto para recibir no más que disgustos y maledicencias. Piénsalo, amor mío, no es tu mundo. Déjalo...

Pero Paul había resuelto desde entonces vivir de su pintura, y mantener a su familia gracias a su esfuerzo como pintor y escultor. Los pérfidos comentarios de Degas habían hecho que decidiese que así fuera; estaba seguro de que se abriría un espacio importante y que existía un mercado ávido de nuevas líneas y tratados estéticos.

Apartó a su mujer, acudió al salón, pensando que pondría en marcha un propósito. El propósito que se había convertido en el sueño esencial de su existencia.

Resolvió que haría un viaje, breve, intenso, de aprendizaje.

Aquellas tres semanas transcurridas en la casa de Pissarro y bajo su protección nutrieron su obra y también la de su amigo. Ambos evolucionaron juntos en esas tres semanas, mucho más que separados en todo un año. El retrato que hizo de Pissarro contenía una fuerte dosis de delicadeza clásica. Pissarro también pintó al que todavía se consideraba un discípulo suyo.

—No se contente con los trazos graciosos. Aténgase a la simplicidad, esté pendiente de los trazos que le ofrece la fisonomía del rostro. Aproxímese, intente mejor la caricatura, no persiga la lindeza. La lindeza en pintura es muy peligrosa —aconsejaba Pissarro, con una voz pausada y persuasiva.

—Sus palabras me alientan, su interés por mí y por mi obra me honra —respondió algo abrumado—. Le confieso, amigo y Maestro, que en este mismo momento estoy pasando por un período bastante tenebroso. En enero próximo tendré otro hijo, y quizás ya no me encuentre trabajando en la Bolsa; no sé con qué podría asegurar la vida de mi familia... El arte, mi arte, me preocupan y me llenan la cabeza de ideas molestas como para que pueda concentrarme en ser un buen empleado en el Banco, donde no se puede permitir uno soñar demasiado, y mucho menos con excesiva constancia... Por otro lado, tengo una familia muy numerosa, y una mujer que no toleraría la miseria. No puedo lanzarme en la pintura si no es con una certeza que me respalde al menos en lo mínimo de mis necesidades. En una palabra, necesito de forma imperiosa encontrar mi hueco, mi existencia en la pintura, con mis proyectos. Cuento con usted para que me ayude en lo que haré...

—Gauguin, cuente conmigo, no le fallaré jamás... Pero olvídese un poco del *marchand*, o sea, del mercader que lleva en usted, que lo posee y lo perturba. Entréguese a la pintura. Pensar en el mercado y sus resultados podría confundirlo e impedirle avanzar en el sentido puro de la creación. Lo entiendo, su familia está habituada al lujo, pero pierde usted su tiempo pensando en eso únicamente, o prestándole la importancia que no tiene. Se extravía y pierde de vista lo más relevante de su arte, y para colmo, exagera su valor. Es mejor vender a precios pequeños y razonables durante un tiempo...

Rememorar las palabras de Pissarro a solo unos meses del nacimiento de su quinto hijo lo hundió en un estado de melancolía insoportable. La piel empezó a escocerle y la saliva se le acumuló en la boca. No podía tragar, se ahogaba...

Claro que fue esta diferencia de visión lo que separó a Paul de su gran amigo y Maestro. Paul ansiaba instalarse cómodamente en los primeros puestos del mercado, deseaba estabilizar su situación sin sacrificar en lo más mínimo su pintura. Pissarro había empezado a atormentarlo, insistiéndole en que indagara de manera más profunda en el campo de la figuración, que no se quedara en lo obvio. A Pissarro le aterraba el comercio de la pintura. A Paul lo atraía, significaba para él un verdadero mundo donde se debía explorar más bien que en ese dominio de la figuración.

—En cualquier caso, le recomendaría, después de conocerlo y de haber estudiado su personalidad, que no abandone el campo de las finanzas, a menos que aprenda lo que significa entregarse a una pasión con frenesí...

Paul no quiso intervenir y dejó la conversación en un hilo, o entre paréntesis... No le comentó a Pissarro acerca de su decisión de mudarse a Rouen con la intención de economizar. Mette-Sophie estaría menos expuesta a la tentación consumista de lo que lo estaba en París. París era la capital de las grandes tentaciones.

La tos feroz hundió a Paul todavía más en la desesperación, mientras se reprochaba no haberse sincerado entonces con Pissarro, y no haber expuesto sus proyectos a alguien que también consideraba que Rouen podía ser un estupendo lugar para vender sus obras, y que se lo había comentado en oportunidades anteriores.

A lo lejos oyó el sonido de un organillo, justo en el instante en que, momentáneamente, cesó de toser. ¿Un organillo?

CAPÍTULO VIII

—¡Mette, no, no te lo voy a permitir! ¡No quiero seguir escuchando tus insultos, no más!

Enfurecido, se paseaba de un lado a otro de la habitación.

Pola había nacido y, tras el nacimiento, Mette, siempre descompuesta, no paraba de injuriar a su marido y de enturbiar el matrimonio con reproches insostenibles.

—¡No tengo por qué oír tus idioteces, Mette! ¡Vas a lograr que enloquezca, y yo solo quiero pensar en mi pintura! ¡Basta!

Mette-Sophie se comportaba cada vez peor; encontraba mal todo lo que Paul hacía, solo preveía un futuro negro, y aquel día de la primera ruptura no le permitió asistir a la exposición organizada por Manet en la que Paul participaba con un cuadro.

—Nos queda lo mínimo de provisiones y dinero

para seis meses, Paul. Me lo dice tu hermana, que no piensas en nada real, que has perdido la cabeza. Los amigos no entienden qué te está pasando. ¡Y yo menos aún!

—¡Mette, se trata de arte, de mi talento, de otra cosa distinta...!

—¡¿Qué talento, Paul, qué talento?! ¡No eres un gran pintor, muchos me lo han dicho! ¡Estás tirando por la borda para lo único que sí tienes talento, que es para ganar dinero como banquero! ¡¿Qué te pasa, por Dios?!

Debía triunfar como pintor, debía conseguir que su pintura se impusiera y se vendiera. Debía mostrar a los incrédulos, empezando por su mujer, que él sí servía para lo suyo. Y lo suyo era pintar.

—¿Crees que no valgo nada? —masculló.

—Creo que te has enorgullecido de algo que no tiene nada que ver contigo ni con la vida real... Algo que no posees y que te posee de forma demoníaca... —suspiró la mujer, levantándose del borde de la cama—. Te has vuelto un ser arrogante, un fatuo...

—Mette, por favor, entérate de una vez: hubo una crisis financiera, hemos sido víctimas de esa eventual desgracia. Es por eso que quiero asegurar mi futuro como pintor. Aunque, desde luego, no es la razón principal.

La mujer se detuvo en el umbral de la puerta que daba al corredor:

—Paul, no ha habido crisis financiera de ningún tipo. La única crisis que hubo y hay, que ha ocurrido y ocurre, está en tu cabeza y alimenta tu egolatría. Te estás volviendo medio loco, o loco entero. ¿Sabes lo que me dicen todos? Que no gusta tu pintura, que a nadie le gusta tu pintura. Paul, tú eres el primero que debes de estar enterado.

Paul cerró los puños y apretó los dientes. Salió del cuarto rozando impetuoso el cuerpo de Mette.

—Y ahora a huir, solo sabes huir. No quieres oír la verdad, huyes cuando alguien te la dice. Claro, lo más fácil es el portazo.

Así mismo fue, el portazo fue lo que resonó en toda la casa. Paul se zafó espantado hacia el bar más cercano.

Recordaba aquella noche como una de las peores de su vida. Solitario, sentado a una mesa, imaginó ya desde entonces la separación inevitable. Pero no estaba dispuesto a aceptarla.

Mette-Sophie no carecía de argumentos, se dijo. Ella había contraído matrimonio con un banquero exitoso, o al menos en el camino al éxito, y de buenas a primeras el banquero se quitó la chaqueta, la volteó al revés, y por arte de birlibirloque se transformó en un pobre artista, o en un artista pobre, que apenas podía dar de comer a sus hijos. ¿Por qué tendría ella que sacrificarse y morder el fango después de haberle parido cinco hijos? Un esposo debía llevar el dinero a casa, es lo que había sido estipulado por la maldita sociedad. ¿A quién le importaría en tales circunstancias que él pintara o no pintara?

—Nunca estaría conforme con bajar nuestro tren de vida, quiero que eso quede claro —le había prevenido ella un año antes.

—Gastas mucho, mujer —le reprochó Paul.

—Más gastas tú con esos potes de pintura, y esos pinceles, tan caros. Total, para nada —ella siempre soltaba la respuesta correcta. Y esa respuesta se le encajaba como una puñalada y revolvía la herida.

«Venderé unos Manet, prometo que venderé algunas obras importantes de mi colección», se dijo, sabiendo que no era una buena solución a largo plazo. De treinta mil francos anuales tendría que reducirse a vivir con seis mil. Mette-Sophie no lo aceptaría.

Mientras caminaba oyó el organillo que le asistía siempre en esos momentos de soledad extrema. Avanzó hacia el sonido, divisó por fin al organillero. Era un ciego con el que se había tropezado en ocasiones anteriores por el barrio, sus ojos en blanco delataban su deficiencia visual. El hombre advirtió la presencia ajena:

—¿Qué tal la noche hoy? ¿Se ven las estrellas? —preguntó el organillero.

—Rara vez se ven las estrellas en París… —respondió Paul mientras sacaba unas monedas del bolsillo de su chaleco.

—Habrá que imaginarlas entonces. ¿Pero el cielo está de un nocturno cerrado o de un azul eléctrico ahumado? —insistió el hombre.

—Hoy está de un azul eléctrico demasiado ahumado —contestó mientras observaba la bóveda celeste—. ¿Y cómo puede distinguir entre un «nocturno cerrado» y un «azul eléctrico ahumado»? ¿Vio usted alguna vez?

—No, soy ciego de nacimiento. Nada, son cosas

que se me ocurren, puedo imaginarlas –sonrió, mostrando una dentadura amarillenta y cariada.

Paul regresó a casa con la certeza de que todo entre su mujer y él había terminado. Ella lo recibió con aire distante.

—Me iré a Dinamarca con Aline y con Pola. Te quedarás al cuidado de Clovis, Jean-René y Émile… —hizo una pausa para esperar a que él añadiera algunas frases; no lo hizo y ella continuó—… La criada te ayudará con ellos… Veremos a ver hasta cuándo dura esto, y cómo termina.

—Mujer, entre todas estas dificultades que ahora tengo te has convertido en la peor, en un lamentable problema. ¡Cuando menos hay es cuando más exiges!

—No exijo nada más que la vida que me prometiste, Gauguin —lo llamó por su apellido, mala señal.

—Te prometí que te haría feliz. ¿Lo incumplí?

Mette-Sophie no respondió, prefirió distanciarse y evitar otro desagradable enfrentamiento. Hizo un gesto desganado con la mano. Dio la espalda y se dirigió a la habitación del hijo más pequeño, cerrando la puerta detrás de sí.

Ese gesto suyo lo decidió todo. Con aquel abúlico ademán Mette-Sophie logró que el arte ganara para siempre a Paul Gauguin y que ella perdiera a su marido.

«De gestos como esos el mundo debiera sentirse más agradecido». Paul sonrió con ligereza y de nuevo la tos agravó su estado.

Evocar a su esposa, rememorar esos momentos cuando ya iba agostándose la relación lo enervaba.

Pero ya solo quedaba calmarse. La calma, solo la dulce calma con la muerte.

Y sin embargo se puso a pintar a Mette, con aquel hermoso vestido que nunca existió y que él se inventó, quizás para probarle que él podía ser más grande de lo que ella pensaba. Todavía más grande que su propia imaginación.

Tras la separación Paul se esforzó lo indecible, llenó su atelier de una gran cantidad de nuevas obras. Trabajaba sin cesar porque necesitaba probar, probarse, probarle a su esposa y a sus hijos, lo que solo lograba hacer estando junto a ellos...

Dillie et Cie de Roubaix lo contrató para que fuese su representante en Dinamarca. Allá viajó con sus tres hijos a reunirse con Mette-Sophie, con Aline y Pola. Había extrañado una barbaridad a Aline, su hija adorada, la que él pensaba que era quien mejor lo comprendía.

No reaccionó sorprendido cuando supo que su esposa daba clases de francés y que con lo que ganaba mantenía el hogar; sabía que a Mette-Sophie la fascinaba la enseñanza, y que después de todo era una buena mujer y excelente madre. La familia danesa también ayudaba un poco.

Mette se mostró bastante contenta al verlos reunidos. Hasta le preguntó, eufórica, algo insólito:

—¡¿Trajiste los cuadros contigo?!

—Sí, claro. Vas a quedar sorprendida de lo mucho que he pintado. Igual no te gusta, a lo mejor te defraudo una vez más.

La mujer sonrió. Bajó la mirada un instante, volvió a elevar su rostro y clavó sus pupilas en las del marido. Fue hacia él y se le colgó al cuello, besándolo como nunca antes:

—¡Qué tristeza no tenerte, marido mío!

Paul buscó sus labios. Estaban fríos, gélidos, pero ella los abrió y ofreció tímida su lengua.

Apartados, con las manos tomadas, Mette-Sophie preguntó sorprendida:

—¿Por qué no abres los ojos? Ábrelos, Paul, mírame.

—Cierro los ojos para mirarte mejor, mujer mía. Yo cierro los ojos para mirar.

Ella sonrió divertida. Otra vez Paul le salía al paso con una de esas frases raras. Propias del artista, pensó.

Al pintor le pareció que su esposa había rejuvenecido, que reía con una avidez para él desconocida, y que hasta se mostraba un tanto más cautivadora.

Esa noche asistieron a un baile popular en conmemoración de uno de los fastos nacionales. Ella iba vestida de color carmín. Paul contempló su cuello, luego recorrió su mirada por el resto del cuerpo, enfundado en un tejido de un rojo encendido, los guantes de cabritilla, hasta los botines abotonados en el empeine. La deseó más como pintor que como hombre. Y ese extraño empeño le colmó de gozo otra vez.

CAPÍTULO IX

«Los pensamientos de un poeta no son de ninguna utilidad», expresó Pissarro en una ocasión. «Las palabras de los poetas son como las imágenes para los pintores, no hay que pensar en ellas, hay que dejarse llevar por ellas, y no constituyen en ningún caso pensamientos, son eso: imago, imago, siempre imago»... Nunca había olvidado —él, que lo olvidaba todo— aquellas sabias palabras, mucho menos en estos momentos en que vivía retirado de la realidad y refugiado en la percepción de la apariencia.

Tomó el cuaderno y el lápiz de la mesa de noche y escribió:

«Odié profundamente ese país llamado Dinamarca. Odié su clima. Odié a sus habitantes. Al llegar allí con la intención de instalarme hacía un frío espantoso, helaba a menos diez grados y los trineos acapa-

raban las calles. Sin embargo, Copenhague es una ciudad pintoresca, a más de uno hubiera podido impresionar, no a mí. No me aportó nada como pintor. Absolutamente todo es de mal gusto. No sé si los daneses lo saben, que los rodea el mal gusto, no parece importarles. Gente sin ninguna sensualidad, o mejor dicho, gente que rechaza la sensualidad y desprecia el deseo. Y para mí el deseo lo es todo»…

La vecinita china reapareció. Mas no llegaba sola; de la mano colgaba otro fantasma. El de Mette-Sophie:

—No vuelvas con tus monsergas luteranas, mujer. Soy un impío en toda regla. Sé que ansías verme caer. Tú y tu familia, que anhela mi fin. Pero no les daré ese gusto.

Soltó el cuaderno y el lápiz. Trató de no verlas, de apartarlas de su ángulo visual. Contempló el techo por unos instantes. Cerró los párpados:

—Cierro los ojos para mirar. Eso te dije una vez, ¿recuerdas? —suspiró.

El fantasma de Mette-Sophie quedó mudo. La chinita dio un paso hacia delante, la madera del suelo crujió.

—No te acerques, niña. Soy contagioso, y además, sabes que me gustan las niñas de tu edad. Me vuelven loco, me disparan... Soy peligroso para ti —y exhaló un quejido—. ¿Te acuerdas, Mette, cuando te apoderaste de las mejores habitaciones de la casa para tus clases de francés, y a mí me enviaste a una especie de cuchitril? Seis meses estuve sin hablar, en el aislamiento más inimaginable. Ni los niños me dirigían la palabra. Para tu familia yo era el monstruo que

no ganaba ni un mísero penique. Mette-Sophie, ¿qué vienes a buscar? ¿O eres tú la muerte, y por fin has venido a llevarme?

—No, ella no es la muerte —rectificó la chinita—. Ella es una parte de tu memoria, viejo.

—Sí, ya soy un viejo. Esa mujer que te lleva de la mano me convirtió en un esperpento acabado siendo yo joven. Me dio hijos, me atrajo problemas, y solo pedía dinero, dinero, y más dinero. No entendía nada del impresionismo, ni de mis cuadros, tampoco apreciaba a mis amigos…

El espectro de Mette-Sophie cayó de rodillas haciendo un estruendo enorme:

—¿Perdón ahora? ¿Estás rogándome el perdón, mujer maldita? No lo obtendrás jamás. Bah, ¡osada! —Bebió dos sorbos de láudano.

La adolescente se acercó y pasó su mano por los cabellos ralos y grasientos:

—¿Sufres? Estás hirviendo —palpó su frente.

—¿Que si sufro? Como un loco, como el enfermo que soy y que morirá pronto. ¡Claro que sufro y que ardo de fiebre! *Voyons, mon enfant!*[3]

La chiquilla volvió a situarse junto al fantasma de Mette-Sophie:

—Debe usted hacer algo, su marido no anda nada bien —insistió sacudiéndola por el hombro; pero la mujer continuaba acuclillada, y ahora movía sus labios como en un rezo interminable.

—A veces tengo la sensación de que siempre he

---

3   *¡Ven, hija mía!* (N. del E.)

sido un loco. Un loco lleno de razones para no advertir que estaba como una cabra. Y, sin embargo, fui un hombre educado. ¿Cuándo dejé de serlo?

El espíritu de su esposa levantó la mirada hacia el camastro:

—Dejaste de serlo cuando te alejaste de mí y de los niños, Paul. Aquella noche en que me abofeteaste, celoso porque yo bailé con otro y no contigo. Iba con aquel vestido...

—¡Mentira, mentira, pura mentira! ¡Niña perversa, saca ahora mismo a esta urraca de aquí! ¡Me daña, me asquea!

Mette-Sophie hizo lo contrario. Se aproximó al lecho, destapó a Paul de las sábanas que cubrían sus piernas, y sin esbozar el más mínimo gesto de repulsión estudió las heridas purulentas de sus extremidades.

—Debo limpiar esas heridas, marido mío, deben ser curadas de inmediato... —insistió sin el menor gesto que delatara aversión.

Paul lloraba en silencio, pero no opuso ninguna resistencia.

La mujer ordenó a la chinita que le trajera agua tibia y los medicamentos que encontrara en el botiquín:

—No hay botiquín, señora. Los remedios del Maestro Gauguin se encuentran encima de su mesa de noche. Eso que ve ahí es todo lo que hay.

Mette movió la cabeza de un lado a otro:

—No es posible, no puede ser que esté pasando yo por esto. Te has abandonado mucho, mi amor —El espectro blanquecino de la danesa se inclinó un poco más y su rostro dibujó un rictus irónico.

La adolescente temió por Paul:

—¿No le hará usted daño, como se lo hizo su hija Aline?

—No, niña, estoy aquí para sanar a mi marido. Ve, anda, pon a calentar agua. Cuando esté tibia agrégale sal y tráela... ¿Ha venido antes Aline...?

—Mi padre quizá tenga ungüentos, preparaciones naturales; iré a preguntarle...

—Primero el agua tibia. Debo lavar las llagas, están podridas, apestan —entonces sí que esbozó un gesto de desagrado.

La joven entibió el agua en una cacerola y ripió unos trapos viejos y limpios.

—Eso es, así me gusta, que seas obediente. Anda ahora a ver si tu padre tiene algo para desinfectar y para calmar el dolor.

Mette puso manos a la obra mojando los paños en el agua tibia con sal y aplicándola luego en las úlceras.

Paul se retorció dolorido. La sal ardía, quemándole las pústulas.

—Quédate quieto, tranquilo, déjame maniobrar —susurró la aparición.

—No me entendieron, Mette. No entendieron jamás lo que les decía mi pintura.

—¿Quiénes no te entendieron? No te puedes quejar, has vivido de tu pintura hasta ahora. Mira cuánto has viajado, y a cuántas mujeres has podido mantener. Salvo a mí —y arrugó la frente.

Los daneses no le habían entendido, era lo que había querido expresar Paul, doblado por el dolor.

El sueño danés se derrumbó tras la exposición de Copenhague, organizada por el propio pintor:

—Tuve que cerrar la exposición por orden de la Academia. Los artículos que se escribieron a mi favor no se publicaron en los periódicos. ¡Bajas intrigas! Solamente bajas intrigas, maledicencia. El viejo clan académico tembló conmigo... Es halagador para un artista, pero como efecto no podía predecir mayor desastre... —El hombre estiró una pierna y sus huesos crujieron.

—Sí, Paul, ya sé lo que quieres insinuar, lo que ya me dijiste mil veces: «Soy un mártir de la pintura».

—Lo soy, mujer pérfida, lo soy...

—No eres más que un salvaje. Un pobre salvaje —musitó.

—También, un salvaje muy respetable ahora que me estoy muriendo. «Cada día me pregunto si no sería conveniente ponerme la soga al cuello. Lo que me retiene es la pintura. Mi mujer, la familia, todos me reprochan y me detestan a causa de esa maldita pintura, pretextando que es una vergüenza no saber ganarme la vida con ella...» ¿Recuerdas esa carta, Mette-Sophie?

—La recuerdo perfectamente, marido. Se la escribiste a Pissarro, y yo la descubrí antes de que la enviaras, y la leí. La aprendí de memoria: «Pero las facultades de un hombre no pueden ser suficientes para dos cosas, y yo sólo puedo hacer una: pintar. El resto me importa poco»... No, el resto no te importaba nada. —Mette clavó sus ojos aguados en las pupilas enrojecidas del pintor.

Arrepentido, aceptó esa mirada de vituperio. No debió de haber partido hacia Inglaterra durante tres meses. Para colmo se había llevado a Clovis con él, y en el camino lo dejó a cargo de su hermana. Mientras, pintaba paisajes rocosos muy cerca de Dieppe uno de sus más insólitos cuadros: *Baigneuses,* que lo anunciaba como uno de los representantes del estilo llamado *cloisonnisme,* creó grandes expectativas en el museo de Tokio. Su hermana Marie le devolvió a Clovis, y Paul se vio en la encrucijada de tener que lidiar con ese hijo, del que hizo una de sus más perfectas e insólitas esculturas.

—Cuando el pequeño Clovis cayó enfermo de la viruela, yo sólo tenía veinte céntimos en el bolsillo y comíamos a crédito. Enloquecido, tuve la idea de proponerme a una sociedad de afiches de terminales como pegador de afiches...

—Escribirme esa carta fue lo peor que hiciste. No para mí, para mi familia, Paul. Los heriste en su amor propio de daneses, y me heriste también en mi amor propio de esposa y madre. Tener como marido a un pegador de afiches de terminales no era precisamente a lo que aspiraba yo como proyecto de vida conjunta cuando nos conocimos...

—«No te extrañe si entonces un día, cuando mi posición haya mejorado, busque y encuentre una mujer que sea para mí otra cosa que madre. Fabricaré otra casa, y en esa casa podré pegar mis afiches. Cada cual se ruborizará a su manera» —Paul rememoró su terrible carta en voz alta.

—Sí, esa carta fue la gota que colmó la copa. Donde

ni siquiera mencionabas el estado de salud de mi hijo —Mette extrajo el pus de una de las llagas apretando con fuerza. Paul volvió a zollipar angustiado.

—Clovis había mejorado, Mette.

—A Clovis lo habías encerrado en una pensión, y ni siquiera lo ibas a ver porque no pagabas para que lo mantuvieran allí. Tuvo que pagar tu hermana. ¿Y sabes qué escribía ella a todo el mundo? «Mette ha sido abandonada por esa atroz pintura».

El moribundo halló fuerzas para llevarse las manos a la cabeza y golpearse el cráneo:

—En efecto, las multitudes siempre tienen razón. Ustedes son todos ángeles y yo un inclemente sinvergüenza. Me postro a vuestros pies. ¡Puesto que se acerca el fin estoy en el deber de retirarme!

Mette-Sophie observó ansiosa en su alrededor:

—¡Y esta chiquilla que no regresa con los medicamentos!

Paul soltó una risotada. Esa chiquilla no regresaría jamás, porque esa muchachita cabecidura no era más que otro fantasma. Como lo era ella misma, y como pronto lo sería él. Lo único verdadero y real era aquel dolor espantoso que devoraba todo su cuerpo desde la cabeza a los pies.

—¿Sabes qué me gustaría, Mette?

Ella negó con gesto desabrido.

—Que llevaras aquel vestido púrpura y poder bailar contigo. Que bailáramos de una punta a otra del salón hasta caer desmadejados por el cansancio. Y reírnos de los daneses, ¡de esos secos daneses de tu familia!

CAPÍTULO X

Esa noche había soñado con Vincent y con Mette-Sophie. Ambos se acariciaban, besaban sus labios, ardorosos. Vincent lo contemplaba de reojo, como queriéndole decir: «Mira, loco del carajo, estoy besando a tu mujer, y me acostaré con ella, delante de ti». Mette-Sophie abría su blusa y mostraba sus senos blancos, los pezones grandes y rosados. Nunca había hecho eso con él, de manera tan descarnada y descarada.

En el sueño también reaparecían Tehura, Pau'ura y Vaeoho. Sentadas medio desnudas a sus pies, empezaron a enmadejar una bola de estambre.

—Hará frío, marido, y debemos abrigarte —susurró Tehura, la inteligente Teha'amana.

—Estoy sudando, niñas, la fiebre me consume —gimoteó Paul.

Sueño raro, sueño donde el placer y el dolor, juntos, resumían su vida y su arte.

—Mette, ¿te gustaba a ti el puntillismo de Pissarro? —preguntó el hombre mientras su mujer lamía el rostro de Vincent y él entreabría los ojos, risueños, de pupilas de un verdor azuloso maldito.

Vincent chupó los pezones de la danesa, ella estiró el cuerpo en un arco.

—Déjala, hombre, déjala ya. ¿No te das cuenta de que fue mi esposa? ¿Cómo puedes hacerme esto? Por cierto, ¿te sigue obsesionando tanto el azul en su frialdad y pureza, o ya has empezado a valorar la infinitud del verde?

Van Gogh rio a carcajadas, sacó una navaja y la colocó en el blanco y nacarado cuello de la mujer.

—¡Mátala, sí, hazlo! —sonrió Paul, ahora acurrucado entre las tres jóvenes.

Entonces Mette-Sophie arrebató el arma al pintor, y fue ella la que se degolló, mientras cantaba una rara canción de cabaré de puerto. Vincent empezó a dibujar con la sangre de la esposa de su amigo, encima de un trapo color marfil, manchado de tierra.

—¡Llévatela, no quiero verla nunca más! —Exclamó furioso el marido—. ¡Llévatela, hazla desaparecer, me ha sido infiel! ¡Ni siquiera su cadáver me valdría gran cosa para pintarlo!

—Tú le fuiste infiel, Paul, tú la abandonaste por la pintura —sonrió Tehura—. A todas nos dejabas y te ibas con tu pintura, y con ella pasabas días enteros, mezclando verdes, marrones, untándote las manos de tierra húmeda y untando el lienzo de tierra y de fango, como si fuera un cuerpo, tu propio cuerpo, o el de nosotras, pero sublimados.

—¡Cállate, chiquilla! Me invades, siempre fuiste una invasora.

Tehura estalló en una carcajada.

Paul no podía soportarlo; tomó una gruesa brocha y pintó de fango las carnes de la adolescente. Volvió entonces a la blancura de Mette-Sophie.

—Nadie sabe lo que yo te he amado —murmuró en la herida abierta de su cuello, insuflándole vida. El tajo cicatrizó y la mujer parpadeó—. ¿Ves como puedo resucitar a mi mujer siempre que me lo propongo? —alardeó Paul delante de un asombrado Vincent.

—¿Permites que haga el amor con ella? —suplicó el genio de los azules.

—Solo si lo hacemos los dos, juntos, tú encima, yo debajo. Tú por delante, yo por detrás; tú por la raja, yo por el culo —Paul se lamió el labio superior con la punta de la lengua.

Tehura, Pau'ura y Vaeoho decidieron alejarse, ausentarse y esconderse en la espesura de un cercano bosquecillo. Desde allí esperarían a ser reclamadas por Paul, seguras de que lo haría. Siempre lo había hecho, porque ineluctablemente necesitaba de ellas, sobre todo cuando soñaba.

Paul se acostó en el suelo, encima de la gastada esterilla, y Mette también lo hizo, encima del cuerpo de su marido, de frente a Vincent, que esperaba. El maestro del azul puro se echó encima del níveo cuerpo mientras la penetraba con su enhiesto miembro. Paul acomodó su pene entre las nalgas de la mujer y empezó a frotarse rítmicamente, hasta que sintió que la punta del miembro abría el esfínter y entraba, poco a poco, lento.

Mette gemía de placer mientras disfrutaba de dos penetraciones simultáneas. Paul mordía su nuca, Vincent la besaba en los labios. Hasta que la boca de Vincent fue desplazándose de la boca al cuello, y del cuello a la boca de Paul, que lo recibió sin remilgos. Mientras los amigos se besaban, Mette arañaba la espalda enrojecida del pintor de los girasoles.

—¿Es esto un sueño, Mette? —suspiró Paul.

—Sí, un sueño ampliado por los reclamos de tu deseo, amor mío —la mujer rio a carcajadas.

—¿Es pecado? —insistió Paul.

—Es amor, Paul, es pura creación —musitó Vincent, abrazándolos y atenazándolos con sus fornidas piernas.

—Lo pintaremos, pintaremos esta escena... —gimió el otro.

—Cuando tú digas, es cosa hecha...

Mette fue resbalando de los dos cuerpos, fuera de ellos, liberándose, y los dejó que se acariciaran sin ella, que continuaran besándose y susurrándose los anhelos. Todavía desnuda, recostó su espalda en la puerta blanca, abrió las piernas y empezó a manosearse mientras contemplaba a los dos pintores amarse con desenfreno.

—No resistas, Paul, no te resistas. No es más que un sueño —insistía el otro.

—Solo un sueño, marido mío. Solo soñar, lo que

tanto has codiciado: que el sueño sea infinito y acapare la vida —repetía su mujer desde aquel recodo tan blanco que hacía que su alboreada fisonomía resplandeciera todavía más e iluminara aquel penumbroso recinto.

Entonces, de repente una neblina azulosa copó la habitación, y no tardó en rendirse ante al verdor pompeyano de antiguos muros.

Paul despertó. Otra vez el agónico despertar acompañado de agudos dolores, y de una pesada realidad que lo aislaba del encantamiento onírico. Otra vez la soledad, encarnada como una esquirla en su garganta.

Tragó en seco tras el sorbo de láudano. Volvió a adormilarse.

En el espejo se contempló desnudo, mucho más joven. Dispuesto a engalanarse para ir al encuentro de Margot, la pintora hija de los Arosa. Otra jubilosa cita con la pintura.

CAPÍTULO XI

Hubo en su vida tanta gente envidiosa, y tantos que quisieron destruir sus obras, y hasta sus buenas amistades... Le llevaba diez años a Georges Seurat cuando quisieron revirarlo en su contra. Él en la cuarentena, lo que significaba ya una vejez reconocida. Seurat en la edad madura, treintena para la época. Hombres hechos y derechos, con un elevado intelecto y portentosa sensibilidad. A causa de tantos bretes y chismes entre artistas y *marchands* estuvieron separados por un buen tiempo, hasta que los reconcilió el color y el papel. Todavía existía una cierta decencia y el arte y la pintura valían algo.

—Hemos vencido por el color, querido Gauguin, y ha sido la naturaleza la que nos ha ayudado a verlo. Un verde junto a un rojo no da como resultado un carmelita-rojo, como mera mezcla, pero sí dos notas vibrantes e ilimitadas en combinaciones. La mezcla de colores ensucia la tonalidad, y un color en solitario es demasiado crudo, no existe en la naturaleza... Prefiero la aparente suciedad.

Seurat mordía la punta del pincel mientras hablaba. Paul reflexionaba silencioso, hasta que rompió el hielo de su prudencia con una frase aguda y desde hacía mucho tiempo meditada:

—Todo es tierra, Seurat. La tierra es el color de los cuerpos, la carne se trastocará en tierra. Y del verde nace la carnosidad, la moldura... Cerró los ojos y dirigió su rostro hacia la nubosidad del cielo.

—Como en todo arte, y la pintura es un arte complejo, los misterios son insondables... —prosiguió Seurat.

Interrumpido por Paul:

—La pintura primero es una ciencia, y al final, si llegas a ese final tan esperado y trabajado, se transformará por fin en arte, en poesía —pestañeó, y la claridad hirió sus pupilas.

—Los retratos que has hecho de Mette-Sophie son tan hermosos, y sin embargo, tan lejanos de la tierra... Te contradices, amigo.

—Mette-Sophie es toda nubosidad, no posee huesos. Su cuerpo está armado por nubes, y por tierra también, pero una tierra aguada, nevada, del Norte, en pleno invierno, donde la integridad se cristaliza y se fragmenta en glaciales hirientes. El cuerpo de mi esposa es lo más hiriente que he conocido. Un día pintaré otros cuerpos, infantiles, terrosos, firmes, severos, rudos, y se desasirán de mis manos, de los pinceles, como tierra pura, colorada y parda, y arcillosa.

Seurat sintió un velo de celo atravesarle el pecho, la envidia sana estremeció su interior:

—Anhelo tus deseos.

—Es lo único que hay que anhelar de mí. Soy un ser de deseos. Deseoso y fiel al deseo. Sin embargo, hay quienes confunden mi deseo con amargura.

Seurat se dijo que tenía razón, había notado esa amargura. ¿Lo era, amargo, ácido, o se equivocaba como tantos otros en relación a su compañero?

—Busque usted la armonía, querido Seurat, nunca la oposición y los contrastes fútiles; la concordancia y no el rechazo. Evite lo más que pueda el movimiento inútil. Cada uno de sus personajes debe existir en un estado estático, contemplativo. Aplíquese en la silueta de cada objeto, la nitidez de los bordes, en la inherencia exclusiva de la mano que no vacila, la mano que agracia.

Seurat volvió a sentir un cierto recelo de aquellas frases, tan elegantes, a modo de enseñanza, y quiso sobrepasar el intelecto de Paul:

—No termine demasiado a punto una obra. Una impresión terminada a punto no será nunca demasiado duradera para que la búsqueda del detalle infinito hecho después de una pincelada no obre y perjudique el primer trazo. De tal modo usted enfriaría la lava y la sangre hirviente, y quedaría solo una especie de piedra. Un rubí que debiera tirar lejos de usted, lo más lejos posible, estimado Gauguin, porque usted no busca la rispidez. Usted persigue lo más ingrávido de la materia.

Paul pensó que Seurat era el más pretencioso entre sus amistades, y sin embargo estaba entre los más preciados.

—Me ofrecen un trabajo en Oceanía, aunque quisiera irme a Bretaña, estimado Seurat. Y no lo veo claro...

—Escríbale a su esposa. Una carta a tiempo a una esposa siempre evidencia y aclara las ideas.

No le dio demasiadas vueltas a la propuesta de su amigo.

«Querida Mette, florece la primavera de 1886, me han ofrecido en Oceanía un puesto de 'obrero', dentro de la cultura, pero significaría el abandono de cualquier futuro en mi obra como pintor y no poseo la osadía de resignarme cuando pienso que el arte, con la paciencia requerida y un poco de ayuda, puede reservarme todavía algunos días hermosos...

... Nuestra exposición ha puesto la interrogante del impresionismo sobre el tapete, y muy favorablemente. He tenido mucho éxito en comparación a otros artistas. El señor Bracquemond, el grabador, me ha comprado con entusiasmo un cuadro por 250 francos y me ha presentado a un ceramista que fabricará cerámicas en forma de floreros artísticos. Encantado con mi escultura, me rogó el hacer algunos trabajos a mi gusto y tiempo este invierno, y ganaríamos a la mitad. Puede que sea el porvenir de grandes entradas...

Lo más razonable sería irme a Bretaña, donde puedo encontrar una pensión por sesenta francos mensuales. Allá podría trabajar...»

—Abráceme, querido Gauguin. Lo que empezó con un malentendido ha terminado en una gran amistad —suspiró Seurat.

Ambos fundieron sus cuerpos en un cálido abrazo. Paul se despedía de quien tanto le había enseñado en los últimos tiempos. Tras su ruptura con Pissarro se había quedado demasiado solo, pero con Seurat había reencontrado una visión y sensación espléndidas de la simbiosis.

No obstante, la época que se avecinaba, con cuarenta años en las costillas y pocas perspectivas de éxito económico, le atemorizaba y desesperaba. Pudo encontrar y hacer nuevas amistades, pero ya no podía contar con la proximidad bienhechora del maestro. Ahora devendría su propio maestro. No carecía de esa fuerza necesaria para serlo, pero ni siquiera sabía si tendría discípulos suficientes que lo siguieran.

Quedaban atrás años de ejemplaridades ciertas y notables: Pissarro, como es natural, Seurat y Signac, el entusiasta Fénéon, y el apartado Degas, que siempre sería una gran presencia en la originalidad de sus proyectos.

Paul se había hartado de París, y sabía que a esas alturas no ganaría nada quedándose en esa nada taciturna, plena de tensiones y agravios. La tristeza, la profunda tristeza que lo embargaba en París, lo condujo a Bretaña. Una tristeza muy honda al sentirse separado de los suyos, una tristeza extraña e hiriente frente a la miseria y el «aislamiento artístico».

«¿Sabes, Mette?, he tenido que pedirle dinero a Eugène Mirtil, mi primo banquero, para poder viajar a Pont-Aven. Mi pintura está propiciando muchas discusiones, y todas positivas, y tengo que decírtelo: encuentra una acogida muy favorable entre los americanos. Es esperanzador para mi futuro...»

Mette-Sophie había dejado de responder a sus cartas con la premura con que lo hacía antes. Mette empezaba a diluirse, en una disolvencia que lo ponía nervioso.

«Trabajo aquí mucho, y con mucho éxito: me respetan como el pintor más importante de Pont-Aven; es cierto que eso no me procura un céntimo de más. Pero en cualquier caso me va labrando una reputación respetable, y todo el mundo aquí —americanos, ingleses, suecos, franceses— se disputan mis consejos que, siendo como soy, tan tonto, los doy porque en definitiva se sirven de nosotros sin el justo reconocimiento que merecemos. Pintando no engordo, por cierto. Ahora peso menos que tú...»

No salía del entorno de su pintura, no se distraía más que con ella. La pintura lo poseía, y él terminaba siempre por hacerle creer que se dejaba dominar por ella, cuando en realidad sucedía a la inversa. La pintura era su verdadera mujer, su esposa, su amante, su niña amada. La pintura lo penetraba de manera existencial, y él a ella de manera esencial. Nunca se había sentido solitario mientras pintaba. Ella era su más fiel y más compasiva acompañante.

—Debo yuxtaponer los colores, y que la pincelada se note espesa. Y no me puedo olvidar de rayar, de rayar hasta el fondo. Ese trasfondo que nadie puede ni imaginar que existe, y que debe notarse en la síntesis… La síntesis es lo que me interesa —reflexionaba en voz alta mientras escudriñaba el lienzo.

Tarareó una melodía mientras arrojaba los colores de base en la superficie de la tela. Un arrebato de euforia se apoderó de su empeño y danzó unos ritmos de su propia invención alrededor del caballete.

CAPÍTULO XII

Debió haberla dejado en aquel momento, debió haberla ignorado; ni una carta siquiera debió haberle enviado. Pero Paul siguió escribiéndole, por el amor de antaño, por sus hijos, por ella misma. Por ellos, por lo que habían sido juntos:

«Abandonemos toda recriminación. Por mi parte, enterré el pasado, y lejos de mí cualquier pensamiento desagradable hacia ti. Tampoco deseo más que ser gentil, correcto, y poco más. Mi corazón está más seco que esta mesa desde donde te escribo, ahora me siento endurecido contra la adversidad. No pienso más que en mi trabajo, Mette, solo en mi arte. Es la única cosa que no traiciona: gracias a Dios, progreso cada día, y algún día llegará en que pueda gozar de esos avances. ¿Cuándo?, me preguntarás, tú siempre preguntas más allá de lo conveniente, o sea, lo inconveniente. En fin, siempre tengo en el presente satisfacciones morales, esperado en Pont-Aven, después de la tempestad llega inevitablemente el buen tiempo. Todos los artistas me temen y me aman, al igual que tú. No hay uno que se resista ante mis convicciones, lo contrario a ti... Puedo pensar que estuvo y está bien así...»

Y entonces llegó el otoño:

«Las noches en Pont-Aven son un poco largas cuando se está solo y se ha terminado el trabajo...»

Extrañaba a su esposa. Porque la había amado lo que debía amarla en tanto que marido. Aunque de ella solo extrañaba la ilusión o la obsesión que había tenido de ella, de una esposa arisca y tensa.

«Sufro de una fuerte angina, me han hospitalizado y han enviado todas mis ropas al Monte de Piedad. Si vinieras a verme te recibiría de muy mal genio. ¡Claro que no!»

Se contradecía, porque todavía creía que la amaba, o más bien quería creer que podía amarla. Que juntos compartirían momentos divertidos, y hasta conversaciones artísticas enriquecedoras.

«No sé lo que busco en ti, mujer, pero no es a ti, ni lo que hay en ti, es a otra, siempre a otra... Y la encuentro cuando estoy lejos de ti, apartado de tu inquieta y desconfiada vibración...»

Amaba a la niña que imaginaba había sido su mujer. Anhelaba atraparla y desvestirla por primera vez, descubrirle el sexo... Pintarla con un espesor crudo de arena y leche. Eso era el alma de Mette-Sophie, una mezcla rara de arena y leche. Y él lo que buscaba era ya por entonces la miel que surcaba la greda. El fuego como telón de un paisaje nocturno, de una ceremonia de hechiceras y nigromantes.

¿Por qué no irse entonces a rastrear en las campesinas bretonas, y demandarles con educación y elegancia que danzaran para él, para sus lienzos?

¿Por qué no poner más atención en la complexión de la pastora después de haber pastoreado el rebaño, y sugerirle que se sentara en el flanco de una jardinera, o de uno de esos frondosos árboles, o junto al tiesto colocado al azar, e indagar también en la desnudez de los niños? Pues porque algo lo asustaba ya de antemano. Esa presencia en sus pensamientos de una profunda desesperación que predecía que una guerra podía estarse fraguando en algún costado de la maldad colectiva.

«Mette, lo siento, no he podido pagar la pensión de Clovis; les debo tres meses y no puedo aparecer por allá. Tendré, por otro lado, debido a motivos imperiosos, que viajar a América. ¿Puedes ocuparte de repatriar a Clovis? He sufrido tanto con todo esto que me encuentro en el límite de la tolerancia humana... Lo que quiero, antes que todo, es huir de París, que es un desierto para el hombre pobre. Mi nombre de artista se engrandece a diario, pero en la espera, paso tres y más días sin comer, lo que no solo destruye mi salud, también mi energía. Y esa última energía que conservo necesito retomarla y emplearla en ese viaje a Panamá, y vivir allá como un salvaje. Conozco a una legua de Panamá, desde el mar, una isla pequeña, Taboga, en el Pacífico. Está casi inhabitada, libre y fértil. Me llevo mis colores, mi pintura, mis pinceles, y allá me cobijaré, lejos de los hombres. Padeceré siempre la ausencia y la separación de mi familia, pero no tendré que dedicar mi tiempo a la mendicidad, que me disgusta y me deprime. Te hablo, Mette, desde el fondo de mis sentimientos. No olvides a Clovis...»

Esperaba que su esposa comprendiera, que le importara primero el artista antes que el padre y el marido, y el hombre de bien. La solución de sus problemas al convertirse en un indómito no sería bien vista por una mujer como Mette, se dijo. Pero él no toleraba más la civilización, y no por decisión intelectual, por el contrario, sino porque la civilización misma y por esa sociedad decadente, que no lo consideraba a él como el gran artista que creía ser. Salvo en el círculo del resto de artistas, que lo envidiaban más que lo admiraban.

Mette fue a buscar a Clovis, y también se llevó una gran cantidad de pinturas y cerámicas. Clovis no vería nunca más a sus padres reunidos. Toda aquella obra de juventud fue vendida por su mujer en Copenhague.

«Esposa, puedo imaginar a Clovis contigo, con su madre. El aire es muy sano aquí, y me nutro de frutas y de pescados frescos. Taboga es tal como la vi en 1867, nada ha cambiado, o muy poco... Aunque la construcción del Canal ha elevado los precios...»

Mette no respondió a esta ni a ninguna otra misiva. Y sin embargo Paul continuó escribiéndole, febril, como mismo dibujaba ahora su último autorretrato. Con una intensidad que solo la proximidad de la muerte aporta.

Se embarcó para Martinica, cuando ya no aguantó más en Taboga.

«Mette, Martinica es un bellísimo país, barato y de vida fácil. Un paraíso en comparación con el istmo de Panamá. Debajo de donde me encuentro, el mar bordeado de cocoteros. Árboles frutales de todas las especies. Negros y negras circulan y deambulan el día entero cantando sus canciones criollas y no paran con sus 'converseteos' y chácharas eternas e interminables. No sé cómo contarte mi entusiasmo frente a la vida en las colonias francesas. He empezado a trabajar y espero enviar cuadros interesantes de aquí a cierto tiempo. Me defiendo de la belleza de las mujeres, esas damas de Putiphar, casi todas de colores que van desde el ébano pulido hasta el blanco mate de la raza negra, que es el cenizo. Un día te tendré aquí, con nuestros hijos. No desespero».

Ella no respondía; al parecer se había cansado. Debió de haberse callado él también. Pero continuó, perseverante y cumplidor con su deber de esposo, según pensaba que debía ser. Entre dos o tres croquis, una carta, y otra, y otra… Era una manera de retener su recuerdo, de apresar el aroma de su cuerpo, de no olvidar a qué olía aquella mujer nacarada que tanto simbolizaba el continente del que se había fugado.

—Mi esposa hablaba poco, en efecto. Y ellas, esas diablas hermosas, no cesaban de hablar, y de parlotear, acerca de cualquier tontería. Lo enamoraban a uno al punto con aquellos gestos tan particulares; parecía como que danzaban mientras conversaban. Movían las manos armoniosas y balanceaban las caderas tenues y con un ritmo preciso —susurró antes de beber un buche de láudano, queriendo calmar los dolores musculares.

Entonces ya había adelgazado una enormidad, se le marcaban los huesos por cualquier parte. Decidió que su 'marchand' vendiera esos cuadros en lo que consiguiera:

«Schuffenecker, déjelos usted en 40 o 50 francos, a un vil precio, pero necesito salir de esta pobreza. De lo contrario moriré como un perro».

Como un perro iría a morir muy pronto. En solitario. La chinita no había vuelto a traerle la sopa cocinada por su padre. O tal vez él no la había visto, en medio de sus arrebatos de dolor y *delirium tremens*.

Pasó mucha hambre, es cierto, pero su pintura se iba aclarando, respiraba mejor. Una pintura que respira es el mayor logro de un pintor, porque en ella le va la vida, y a ella le insufla su vida, su respiración, sus latidos, sus felices palpitaciones y sus más hondos temores.

«Aguántese, querido amigo, siéntese y contenga la respiración. Lo que estoy dando es de mucho ataque, a pesar de mi debilidad física. Nunca he hecho una pintura más clara, más lúcida (por ejemplo, con una gran fantasía). Mientras más bajo caigo como ser humano, más me elevo como artista. Mi obra reemplaza mi cuerpo. Ella por fin me posee, me desea, y ha empezado a habitarme como nunca nadie —ni yo mismo— me ha sabido habitar».

Paul había empezado a crear al ritmo de aquellas mujeres a las que observaba chacharear y moverse con un compás envidiable y endiablado. Rayaba menos con la espátula y pincelaba más tonos claros y luminosos en el fondo. Fue convirtiendo su creación en una obra franca, abierta, cuya verdad consistía en que el espejismo dialogara con la transparencia.

—¡Me transformé en un fantasioso! ¡Yo, que solo veía como un banquero, observaba como un avaro! —suspiró, y pesaroso volvió a cerrar los párpados.

Entonces soñó con aquellas vibraciones de distintos rojos que se le ocurrieron después en Martinica, paleteados en lienzos de grandes formatos. Sobre todo en su cuadro favorito de aquella época, *Allées et venues*. A partir de ahí, de esa obra, cuyo camino central se asemejaba a un riachuelo encendido por portentosas llamaradas, entendió que siempre vencería, por encima de todos los fracasos. No él, nunca él, sino ella: la pintura.

Arañaba los lienzos con las uñas hasta hacerse sangrar. Por fin la había encontrado. No la perdería jamás, de ninguna manera.

CAPÍTULO XIII

Regresó muy enfermo a París. En pleno invierno. Nevaba copiosamente aquel trece de noviembre. Schuffenecker lo recibió y albergó en su casa.

—La brisa del mar te hizo bien —comentó confuso el amigo, sin tener demasiado que agregar.

—La brisa del mar me sentó fatal. ¿Has tenido noticias de Mette? —se apresuró a preguntar Paul.

—Algunas hay, después de cuatro meses de sordo silencio. Y sí. Si eso es lo que te inquieta, recuperó a Clovis —le puso en conocimiento su amigo, no sin cierto desgano.

—Veo que los negocios van de mal en peor. La gente espera una guerra. Ya sabes que para la gran mayoría una guerra es la única manera de enriquecerse.

—Para eso son las guerras: para que unos mueran y otros se enriquezcan con esas muertes. Nada nuevo bajo el sol... —Schuffenecker le tendió una copa de brandy.

—Tanto la han deseado que pronto tendremos una. Prefieren el vacío al arte. Un artista vale menos que un condenado a muerte. No vende, no sirve —Bebió un sorbo con aire, en apariencia, tranquilo.

—El deber de un artista, querido Gauguin...

—El deber de un artista es trabajar para convertirse en el más fuerte —interrumpió, mientras tomaba con la palma de la mano la temperatura de su frente.

—¿Tienes fiebre? —preguntó preocupado su interlocutor y anfitrión.

—No me abandonan las fiebres. Bullir en ellas es ya mi estado natural —hizo una mueca como si sonriera.

—Has cumplido con tu deber, Gauguin, no te atormentes. Mira cuántos admiradores has dejado allá, en Martinica...

—Sí, pero no consigo despuntar y valerme de mi obra. Raro, ¿no?

Su amigo se encogió de hombros como única respuesta.

—¿Crees que si le escribo a Mette-Sophie me responderá esta vez?

—Háblale solo de pintura, no describas tu estado emocional. Mette-Sophie huye de los perdedores como del infierno. Y creo que ha empezado a considerarnos a ambos como tales —Schuffenecker soltó una carcajada, reponiéndose al instante—. Bromeo, ya sabes cómo soy. Debes ocuparte de ti, de mejorar tu salud. Ya tendrás tiempo de seducirla de nuevo.

Pero su salud no mejoró. Todo lo contrario.

«Mette, me duelen las entrañas, todo en mi cuerpo es dolor. Al menos he vendido una pieza a un escultor, por 150 francos. Te enviaré 100. La Maison Goupil, que acaba de abrir, se interesa en mí, y he conocido a Théo Van Gogh. El hermano del gran pintor es un gran coleccionista, y compra bastante de los impresionistas».

En efecto, su encuentro con Théo resolvió su situación económica. No solo expuso junto a Pissarro y Guillaumin, además vendió tres cuadros por novecientos francos. Entonces su esposa comenzó a reconocer de nuevo su brillo, o, más bien, el brillo del dinero que podía ganar en un futuro inmediato. Mette-Sophie no se consideraba interesada; sin embargo, su valoración de las personas pasaba primero que nada por las ganancias que podían aportar. Recibió cartas suyas.

Por fin Théo condujo a Vincent al atelier de Paul. Vincent se fijó en uno de aquellos fabulosos cuadros pintados en Martinica.

—¿Son mangos? —por fin salió de su aparente letargo.

—Sí, se llama así. *Los mangos.* —respondió Paul sorprendido.

Vincent hizo un tímido gesto a su hermano y Théo lo compró de inmediato.

—¿Cuánto pides?

—¿Cuánto das?

Théo sonrió agradecido.

—¿Vendrás a la exposición de Vincent en el Grand Bouillon? Será en el restaurant del Châlet, en el 43 de la avenida Clichy. Son los pintores que llamamos del Petit Boulevard, en oposición a los grandes del impresionismo.

—Allí estaré sin falta —respondió Paul en medio de un nervioso ataque de tos.

—Abrígate bien, búscate un gorro ruso igual al mío —aconsejó un seco y famélico Vincent.

—¡Dios, Van Gogh, qué terribles son los problemas de dinero para un artista! Habiendo sido banquero en otro tiempo, desconocía adónde me llevaría la pobreza del arte.

Vincent palmeó su hombro:

—Théo intervendrá siempre por ti y por mí —y acompañó el gesto afectivo con una crédula y tierna mirada.

Paul reparó en sus límpidas pupilas, que mutaron de un azul puro y transparente hacia un verde-azul sombrío.

«Era difícil separarse o rehuir de aquellos ojos que lo disolvían a uno en el índigo más insondable». Volteó la cabeza y hundió el rostro en la almohada. Quería evitar el llanto que invariablemente le provocaba el recuerdo de quien se convirtió, en breve tiempo, en su amigo más amado.

Retornó a Bretaña. Debía volver para reencontrarse con viejas amistades y pintar con mayores bríos, incluso con rabia. El furor que tanto lo nutría.

«Amo la Bretaña, Mette. Siempre que vengo encuentro en mí al salvaje, al primitivo. Cuando mis zuecos resuenan sobre este suelo de granito, oigo el sonido sordo, mate y potente que busco en la pintura. Trabajo cuando estoy de pie, voy de un lienzo a otro, como de una partitura a otra, son cuatro en estos momentos, casi terminadas, dos de 50 y dos de 30... Después de mi partida, queriendo conservar mis fuerzas morales, cerré poco mi corazón sensible. He adormecido ese lado de mi corazón y sería peligroso para mí volver a ver a mis hijos a mi lado, para después otra vez volver a irme. Debes recordar que hay dos naturalezas en mí, el indio peruano y el sensitivo. El sensitivo ha desaparecido, lo que ha permitido al indio marchar bien derecho y firme. Mi enfermedad no cede, querida Mette, y tengo que sobreponerme a ella; de lo contrario me engullirá. El inverno en Bretaña es duro, mujer...»

Mientras escribía a su esposa, recibió una carta de Théo Van Gogh. Abrió la misiva con entusiasmo. Imaginaba buenas noticias que lo concernían de manera directa, y así fue:

«Querido Paul,

Vincent me escribió. Ha pensado en ti y me dice que si quieres ir allá con él, durante una temporada, nos lo digas para comprar dos camas o dos colchones.

Añade que donde come uno comen dos, y que no necesitarán gastar mucho. Ya sabes que él siempre ha considerado idiota que los pintores vivan solos, que se pierden mucho en el aislamiento. Ha respondido de esta manera, como sabrás imaginar, a mi deseo de sacarte de allá y de atraerte a él, de que se acompañen mutuamente.

Espero tu respuesta, y te abrazo.

Théo».

Paul vaciló al principio, pero al cabo de las semanas no pudo negarse al ulterior ofrecimiento de Théo de adquirir otro de sus cuadros y de, además, subvencionarle la estancia en el Midi con 150 francos mensuales, a cambio de sustraer a su hermano de su reductora misantropía. Pero lo pensaría; tenía mucho trabajo que terminar por el momento en Pont-Aven.

Lo cierto es que, a partir de entonces, Paul disminuyó la correspondencia dirigida a Mette y concentró su intelecto en responder las cartas provenientes de Théo y Vincent, llenas de ideas, sugerencias, observaciones claves y futuros proyectos que ambos habrían de realizar en el sur de Francia.

Vincent empezó a desesperar y a contar los días, lo que hizo durante tres meses. Por fin escribió a su hermano:

«Creo que, esté donde esté, Gauguin jamás renunciará a la idea de esa batalla parisina. Lleva eso demasiado apegado a su corazón y cree más que yo en un triunfo perdurable. Yo, como sabes, ya solo creo en el pan cotidiano y en el color... Y sigo apreciando que Gauguin haya contemplado con buenos ojos mis girasoles, como nadie lo hizo nunca, y como también me han gustado a mí sus negras martiniquesas… Ambos nos integraríamos bien en nuestros propios universos. Quiero trabajar bastante antes de que llegue, pues me gustaría darle una grata sorpresa con mi nueva obra…»

—Y por fin llegué, llegué al gran Van Gogh… Yo cocinaba y él iba al mercado. ¿Cuál de los dos era la mujer del otro? —A Paul le quedaba un poco de fuerza después de otro grueso buche de láudano y estalló en una risotada—. ¡Ninguno, claro! ¡Y al mismo tiempo, los dos! A veces era Van Gogh mi mujer, y en otras yo era la feliz desposada del pintor de los índigos eléctricos! Dos mujerzuelas en una: la pintura.

CAPÍTULO XIV

Gauguin iba bebiéndose todo el espacio, devorándolo como un ogro hambriento y demoledor. Después de Los Alyscamps la creación sería otra para Van Gogh, que observaba con asombro cómo los colores de sus cuadros iban en constante emanación, mudándose hacia los de Gauguin. Sucedió de manera más evidente en la tela de *Las Lavanderas,* en la que Gauguin resumió con cierta impertinencia el febril y soberbio misterio del sobrio estilo de su compañero.

Gauguin, jubiloso, creaba en lo más alto de su deseo; Van Gogh, por su parte, se deprimía a diario, sin remedio. Las jornadas de trabajo transcurrían mientras se espiaban recelosos el uno al otro. Jamás dejaban sin vigilancia los lienzos.

—¿Irás al café? —preguntaba Paul.

—Cuando tú vayas iré contigo —respondía por lo bajo Vincent, sin dirigirle la mirada.

—Puedes ir sin mí. Me queda todavía un poco más de trabajo…

—De ninguna manera. De aquí no me moveré hasta que tú no lo hagas —sellaba Vincent mientras mordisqueaba roñoso uno de los pinceles.

La tensión entre ambos como único se aflojaba era cuando se sentaban silenciosos a contemplar el paisaje en unas rústicas banquetas en medio de los campos de lavanda, arropados por el intenso aroma de la yerba bañada por el rocío.

«Me encuentro en Arles bastante desorientado, pues aquí me siento muy empequeñecido —escribió Gauguin a su amigo Bernard— por los paisajes y sus gentes. Vincent y yo casi nunca nos ponemos de acuerdo en general, pero sobre todo en pintura. Él admira a Daudet, Daubigny, Ziem y al gran Rousseau, todos aquellos a los que no puedo ni oler. Y, por el contrario, detesta a Ingres, Rafael, Degas, a todos los que yo admiro. Yo respondo: 'caporal, tiene razón', para estar tranquilo. Le gustan mis cuadros, pero cuando los hago, encuentra siempre que me he equivocado aquí o allá. Es romántico, y yo… Pues a mí me va mejor el estado primitivo. Desde el punto de vista del color, él ve los azares de la pasta, como en el caso de Monticelli, y yo detesto el manoseo de la factura…»

—El arte es una abstracción —pronunció Paul muy por lo bajo.

—No, el arte es un gusto personal —replicó Vincent molesto.

—El arte es incoherencia —subrayó Paul mientras oprimía el pincel sobre el lienzo.

—No, el arte es cosmos y silencio. E inteligencia. —masculló Vincent.

—Y deseo —añadió Paul.

—Y muerte —musitó Vincent.

—No, vida. Siempre vida —refutó algo alterado.

—Paul, tú y yo somos como el día y la noche.

—O el aceite y el vinagre.

—Como quieras… —Vincent dejó el pincel y caminó hasta alejarse.

—¿Y quién es la noche? ¿Quién el día? —inquirió Paul, mientras el otro se distanciaba silencioso.

Paul sabía que Vincent correspondía a esa imagen del día radiante. Claro que el día luminoso era Vincent. Nadie pintaría nunca girasoles como él los había pintado. Y eso lo humillaba, lo colocaba en la peor de las posiciones para un artista; en el lugar del que celaba y envidiaba. Paul aspiraba entonces a torcer, a invertir la situación.

«Vincent es así, Paul. No olvides que caminó desde Holanda a Bélgica, calzado con sus nuevos *suecos* de madera y muy desabrigado. Al llegar los *suecos* estaban todo gastados y envejecidos», le escribió Théo. «Vincent es un persistente y un creyente».

Paul se dijo que debía desembarazarse de la envidia y los celos que le provocaba la obra de su amigo. Solo así volvería a pintar un retrato de Van Gogh.

Cuando creyó que podía, puso manos a la obra y le salió *Vincent pintando girasoles*.

—Claro que soy yo, pero vuelto más loco todavía —respondió el otro cuando observó el retrato por primera vez.

Eso era lo que no podía soportar Vincent, que Paul se apropiara de su secreto más preciado: su locura y sus girasoles.

Esa misma noche fueron a un café. Vincent bebió una ligera absenta. De súbito lanzó el vaso y su contenido a la cara de Paul. Paul logró evitarlo, y se le abalanzó con la intención de detenerlo en su ira. Pero, de repente, ambos empezaron a golpearse. Paul se escabulló fuera del recinto, atravesó como un bólido la plaza Victor Hugo.

Unos cortos y rápidos pasos detrás suyo lo alertaron. Se volteó justo en el momento en el que Vincent se precipitaba sobre él empuñando una navaja. Paul lo enfrentó con una mirada fría y aguzada. Vincent se detuvo y bajó la cabeza. Enseguida reaccionó y echó a correr en dirección a la casa.

Paul decidió que debía ir al hotel de Arles, pidió un cuarto. Después de estar sentado una media hora en una poltrona, fijo en el vacío, decidió regresar a casa. Vincent no se encontraba todavía. O había estado, y se había vuelto a ir.

Algunos minutos más tarde de haber llegado, entró Vincent. Fue al baño. Todavía empuñaba la navaja abierta, entonces se rasgó la piel del lóbulo de la oreja. La sangre empezó a correr por su cara hasta el cuello. Tomó un trozo de toalla blanca y vendó la herida como pudo. De ahí fue a meterse en la cama, vencido al instante por el sueño.

A la mañana siguiente Vincent le pidió perdón. Paul no quiso contestarle mediante una conversación. Sentado en la mesa de la cocina se dispuso a escribirle una carta tratándolo de usted:

> «Yo lo perdono a usted con toda voluntad y con un gran corazón y, si fui golpeado, podría haber dejado de ser también dueño de mí mismo y de la situación, y lo hubiera estrangulado. Permítame el escribirle a su hermano para anunciarle mi regreso».

Al punto escribió una segunda misiva a Théo:

> «Después de hacer balance de todo lo ocurrido durante este tiempo, estoy obligado a regresar a París. Vincent y yo no podemos de ninguna manera vivir el uno al lado del otro sin problemas debido a la incompatibilidad de caracteres y humor, y él como yo necesitamos tranquilidad en nuestro trabajo. Es un hombre increíble por su inteligencia, al que estimo mucho y lamento dejar».

A partir de aquel día, y por el breve tiempo que duró su estancia, Paul debió soportar las extravagancias de Vincent, sus imprevisibles rarezas y el constante desequilibrio de su carácter.

—¿Te marcharás? —preguntó Vincent.

—Sí, sí, sí —insistió tres veces Paul.

Vincent tomó el periódico de encima de la mesa y arrancó un trozo justo donde se podía leer la frase:

«El asesino se dio a la fuga». Y lo colocó a la brava en la mano de Paul.

Llevaba demasiada luz —pensó Paul mientras recordaba—. Tanta era su luz que cuando se levantaba de algún sitio dejaba una preciosa estela, infinita.

Esa estela interminable Paul había conseguido pintarla, cuando plasmó en un lienzo la silla donde se sentaba Vincent bordeada y desbordada de luz. Como si Vincent hubiera acabado de levantarse de ella y la silla todavía lo esperara. Era un cuadro dedicado a su ausencia, que en ocasiones podía ser más radiante que su presencia, tan refulgente que cegaba. La radiante ausencia de Vincent permitía que se le contemplase mejor. Tituló el cuadro *La silla de Vincent*. Una silla que contenía la mayor de las ausencias, la de Van Gogh. Y que inspiraría más tarde a un número increíble de artistas.

—Cuando te vayas te pintaré, también en la dimensión de tu ausencia. Lo llamaré 'El sillón de Gauguin'. Será de noche, tendrá una factura mucho más dramática. Te debo mucho, Paul. Estoy enfermo, lo sabes. Tendré que ir a una casa de reposo. Me gustaría pintar ese cuadro antes de que partas, no sé si podré. Tu plaza vacía no la ocupará nadie. En ella siempre bailará una llamarada estelar.

—Entonces para ti yo soy la noche —replicó Paul.

—Nunca nada ha sido tan categórico entre nosotros. A veces tú eres el día y yo la noche, en otras resulta a la inversa —Suspiró de manera imperceptible, y agregó—: Théo se nos casa con Johanna, y tú te irás. Perderé a mis dos hermanos.

—No exageres, Van Gogh. He observado mucho en ti, pareciera que vinieras de muy lejos y que estarías dispuesto en cualquier momento a irte también muy lejos. A veces pareces una mujer, por tu misteriosa inteligencia. Pero la virilidad y transparencia de tus decisiones te define más. Eres un ser socrático, aunque mucho más platoniano, ese ser dual que viaja hacia la luz y que rueda también en forma de estrella —Paul colocó su mano encima del hombro del amigo. Vincent se desembarazó de ella con un calculado gesto de rechazo.

—Nunca has explicado bien tu pintura, y eso es bueno —sugirió Van Gogh—. No hay nada más aburrido e insulso que un pintor que explica su pintura. Explicar, en pintura, no es lo mismo que describir. Hay que saber escoger con las palabras el color sugestivo de las formas. En la composición la parábola es lo que vale. No se trata de pintar como una novela, se trata de novelar como una pintura... Creo que conseguiríamos crear armonías diversas correspondientes al estado de nuestras almas.

Paul comprendió que Vincent intentaba atraerlo y encadenarlo de nuevo a su lado, valiéndose del virtuosismo de su locura. Usaba otra vez las esperadas frases incoherentes. Los locos son los más lúcidos seductores.

—Van Gogh, esta noche dormiré en el hotel. Y mañana partiré...

—Volveré a ser taciturno. Y tú lo serás también, te he contagiado —sonrió Vincent.

Al día siguiente, tras su partida, Vincent acometió

el acto terrible. Alrededor de las once y media de la noche, el diario local recogió lo que luego Paul leería:

> «En la casa de tolerancia número 1, entregó su oreja a la nombrada Rachel diciéndole: 'Guarde este objeto preciosamente'. Después desapareció. La mujer declaró en la policía que se trataba seguramente de un pobre alienado. Allá fueron a buscarlo, lo encontraron tirado en su camastro. Casi no daba signos vitales.»

CAPÍTULO XV

—Tierra Deliciosa, ven a mí... Tierra Deliciosa, acércate más...

Pronunció estas palabras al contemplar a través de sus ojos vidriosos la nebulosa silueta, y al punto volvió a sellar los párpados, sin que su boca dejara de silabear nombres y recuerdos.

La niña sacudió el polvo, tal y como le había aconsejado su padre que hiciera. Acotejó de nuevo el desorden que dejaban los ataques de delirio del pintor, y cuando creyó que éste se había adormilado fue a sentarse en el borde del lecho. El pecho del hombre bajaba y subía, demasiado alterado. De su esquelético cuerpo, así como de su aliento, emanaba un calor fuera de lo normal, apestando a vencidos medicamentos.

—Pissarro, Van Gogh. Uno fue mi padre, el otro mi hermano... Théo, Shuff... Amigos decentes... —musitó, todavía con los ojos cerrados.

—Cálmese, Maestro —suspiró la chinita—. Mi padre me pide que lo tranquilice. Y que lo trate de Maestro, porque usted lo es.

—No lo sé, no sé nada, Comisario... Mire usted, salté del tren y he vuelto. ¿Sabe? Leí el periódico en el tren, en una de las paradas subió el vendedor de periódicos... «¿Qué hizo usted con su amigo?», me interrogó el policía. No sé nada, no sé nada de nada. «Sí, usted lo sabe bien, ¿no ve que está muerto? ¡Vincent muerto! No puede ser, y es mi culpa! ¡Vincent envuelto en sábanas blancas! ¡Oh, por Dios, cuánta indignación!... ¡Cuánta tristeza! Despiértelo, Comisario, despierte usted a ese hombre con mucho cuidado, y si pregunta por mí dígale que me fui a París, que he vuelto a París. Verme podría ser funesto para él...»

Paul deliraba. La niña le tomó la mano, palpó a la altura de la muñeca, sintió la piel reseca y ardiente.

—Otra vez tiene fiebre. Maestro, debe tranquilizarse y comprender que con esas pesadillas se pone usted peor.

Acto seguido, se dirigió a la cocina y preparó un cocimiento con yerbas.

—No fui yo el culpable. Yo lo quería y lo admiraba. El culpable no era más que él mismo, con sus obsesiones torturantes y su ridícula vehemencia por el azul puro. Era una cuestión moral: lo de renegar del verde, quitárselo de su mente. ¡Pero es que el verde lo es todo!

—Yo prefiero el rojo, Maestro —aseguró la chinita, sospechando que Paul no alcanzaba a oírla.

—Nooooo, el azul nooooo. ¡El verde, el verdeeeee! Ah, Vincent con sus cosas. Hasta tuvo el atrevimiento de escribirme al salir del hospital. Me sé su carta de memoria: «Mi querido amigo Gauguin, aprovecho mi primera salida del hospital para escribirle (te) dos palabras de sincera y profunda amistad. Pensé mucho en usted en medio del espanto, e incluso cuando me atacaban las fiebres y las debilidades, de manera relativa...». Y aquella casa era tan amarilla... De un amarillo nauseabundo...

—También me gusta el amarillo —comentó la niña—. No sé por qué lo llama usted nauseabundo, Maestro. Los colores no huelen...

Paul no podía percibir de manera clara la voz de la visitante. Las voces que advertía eran otras. Las del pasado.

De ese pasado con Vincent rememoró el momento justo en que empezó a desconfiar de él. Acaeció cuando Vincent comenzó a actuar como si fuera su propia esposa, como si Mette-Sophie se hubiera apoderado de la personalidad del amigo. Huía de los celos como del diablo. Huyó de Vincent como huyó de Mette. De manera cochina y cobarde. Pero pese a la fuga, ambos, con sus imposibles letanías, continuaron asediándolo lo mismo despierto que dormido.

La chinita regresó al lecho con la intención de tratar de que, al menos, entreabriese los labios y bebiera del brebaje. Consiguió erguirle la cabeza al colocar su antebrazo por detrás del cuello. Finalmente, logró que poco a poco tragara el líquido, aunque no sin gran dificultad.

—El láudano le reseca la garganta, ¿es eso? —preguntó, sin obtener respuesta.

—Serenidad, ansío serenidad —enunció quejoso el enfermo.

—Eso digo yo, y mi padre también lo dice, que necesita calma. Silencio, y no todo ese embrollo que tiene usted en su terca cabeza... —sentenció la adolescente.

—Después de la mutilación de Vincent ya nada fue igual... —sus palabras, tan frágiles, se perdieron en una especie de invisible hilacha de seda.

—No sé quién es ese señor, pero lo menciona tanto... Debiera olvidarse de él. No creo que sea bueno para usted ocuparse de ese tal Vincent en estos momentos —aseveró la chinita, visiblemente molesta.

El hombre estiró otra vez el brazo, con la mano abierta dirigida hacia el vacío:

—No te veo, no puedo verte. ¿Dónde estás?

—A su lado, aquí —ella trepó más hacia su cuerpo.

—Quiero que me acaricies. Por favor, acaricia a este moribundo...

La niña hizo un gesto de repulsa, pero no pudo evitar compadecerse. Sus finos dedos tamborilearon en el pecho del hombre.

—Así, así... Eres deliciosa, Tierra Deliciosa.

—¿Ha notado usted mis dedos?

Paul asintió con un gesto de la cabeza:

—Ahora quiero sentir tu cuerpecito encima del mío. Por favor, es un ruego, mi última y humilde petición...

La joven trepó encima del cuerpo maltrecho. Acostada encima de aquella osamenta a flor de piel, acomodó su cabeza debajo del cuello de Paul.

—Oh, Dios, había olvidado el perfume de tus cabellos. Es lo más agradable que he olido jamás. Mi Tierra Deliciosa, eres mi Tierra Deliciosa, ¿verdad? Has vuelto a mí, desde tu remota isla.

La niña guardó silencio. En cambio, a ella el mal olor de las purulentas heridas que ascendía desde las piernas del Maestro la perturbaba bastante. Pero había empezado a experimentar un sentimiento muy raro por ese hombre, una atracción que la tornaba obediente y curiosa de las sorprendentes intrepideces de sus cuerpos. Un cuerpo joven, el suyo. Y el ajeno, desahuciado y agónico.

—Tierra Deliciosa, bésame el pecho, besa mis labios.

La chinita besó el pecho agitado y ardiente, y también los labios, amoratados por el láudano. Era su primer beso. Un beso deseoso a un ser del más allá; «mucho más allá que del más acá», como le insistía su padre. Advirtió el miembro del hombre erecto entre sus delgados muslos, al mismo tiempo que se quedaba plácidamente dormido. Y oyó que hasta roncaba con una respiración mucho más acompasada, como si hubiera alcanzado una liberación absoluta del tan penoso desasosiego que lo aturdía y aniquilaba.

La chinita también durmió un buen rato encima del agonizante, hasta que este la despertó de un sobresalto:

—¡Tehura, mi Teha'amana, estás aquí por fin!

—el hombre cerró sus brazos en torno al cuerpo de la niña y la apretó contra el suyo.

—No soy Tehura, ni Teha'amana, a la que no dejas de recordar —trató de desasirse—... Soy Tierra Deliciosa. Ese nombre me gusta más.

—No te vayas, por favor —la apretó más contra sí.

—No puedo respirar, suélteme —se quejó en un resuello. A veces lo trataba de usted, otras lo tuteaba con frescura.

—Moriría antes de soltarte. ¿No ves que insuflas vida y energía a esta piltrafa que soy? Lo sé, sé que ya no soy el de antes.

La chinita batalló y pudo liberarse. Corrió hacia la puerta. Ahora tendría que darse un buen baño, en el río. O mejor en el mar.

—¿Te vas? Nooo, no te vayas, por favor.

—Voy al agua, señor Gauguin, voy a quitarme estas miasmas —le espetó con absoluta naturalidad.

—Llévame contigo. Anda, llévame contigo, Tierra Deliciosa —suplicó.

La niña regresó junto a él:

—¿Quién fue Tierra Deliciosa? Si me lo dice, lo ayudo a caminar hasta el río.

—Una pintura mía, solo una pintura mía. Tú te le pareces tanto, tanto... Como dos gotas de agua.

—¡Mentiroso! Mucha mentira dice usted, una tras otra —chasqueó la lengua.

—No llames nunca mentiroso a un muerto.

—No está usted muerto.

—Sí que lo estoy.

—No lo está —y se burló, sacándole la lengua.

—Bueno, es cierto. Pero, ¿no crees que pronto lo estaré?

La niña tomó el sombrerito, se lo encasquetó. Corrió escaleras abajo, en dirección al río. Titubeó en medio del camino y recogió algunas florecillas. No, primero iría al mar, y después, al regreso, enjuagaría su cuerpo del agua salada en las aguas dulces del manantial.

CAPÍTULO XVI

Amaneció de nuevo, muy blanquecino el horizonte, como era ya habitual. A su lado se hallaba sentado, desnudo, el arcángel Uriel, su arcángel predilecto. Llevaba el cuervo en el hombro. Un cuervo llamado Ariel, en honor al ángel del mismo nombre. Uriel sonreía, y de su sonrisa fluía una claridad que bañaba el recinto y contagiaba de una alegría que aliviaba cuanto dolor existía en el mundo.

—Gracias —pronunció Paul con la boca medio azucarada y menos reseca. Al menos ya no sentía el amargor de la víspera—. ¿Vendrá Mette-Sophie?

—Entonces, deseas que te traiga a tu primera esposa. ¿Y las otras? —el arcángel dispuso de la mano izquierda de Paul y la colocó encima de su mano derecha.

—Voy a morir...

—No, todavía no —sonrió Uriel, y el chorro de

luz cegó al cuervo, que protestó con un graznido—. Como si no estuvieras acostumbrado, Ariel...

—Estás poniendo mis manos como les colocan las manos a los muertos. Es por eso que creí que iría a morir.

—He puesto tus manos en la posición del que oye atento, del que no es ya más el esperado, sino el que espera...

—Una vez, ocurrió en diciembre —un 27 de diciembre, si mal no recuerdo—, asistí a una ejecución capital. Fue horrible. La gente daba vivas, vivas y más vivas. Reían, se burlaban, exclamaban eufóricos frente al espectáculo. Y aquello era horrible, tan horrendo.

—Y no consigues olvidarlo —el Arcángel hizo un gesto de indiferencia.

—No puedo, jamás he podido. Ni cuando tuve a las más bellas muchachas amándome con sus dulces mañas... Ángel mío, tráeme de nuevo a todas ellas. Quiero morir rodeado por mis mujeres.

—Creí que querías a tu esposa. Morir frente a ella y tus hijos. Y también que algunas de tus obras más importantes estuviesen presentes... Tienes que elegir.

—¡Elegir, elegir, elegir! ¿Por qué siempre tenemos que elegir? ¿Por qué tengo yo que elegir?

Uriel se encogió de hombros. Acudió a la cocina, hurgó en los estantes. Encontró un cartucho con azúcar prieta. Se llevó un puñado a la boca y masticó el azúcar hasta diluirla en saliva.

—Soy un arcángel, no un ángel. Yo también tuve que elegir —retornó junto a su enfermo predilecto—. Tienes que arrepentirte, Paul, lo sabes. A eso he venido.

—¿Arrepentirme? ¿Yo? ¿Arrepentirme de qué? ¿De haber vivido? ¿De haber sido el más grande de los artistas?

—No, debes arrepentirte de tus sucesivos olvidos —Uriel se levantó, le dio cuerda al cuervo de metal, que abrió sus alas y echó a volar de manera chirriante a través de uno de los ventanales—. Volveré cuando ya no te quede más que ese último suspiro, Paul. Volveré.

—¡Envíame a Mette! ¡No, no, mejor a Tehura, o a mi entrañable Pau'ura! ¡Mejor a Vaeoho! ¡O a las otras niñas juntas! ¡También a mis hijos!

Uriel se perdió envuelto en un disco soleado, y dejó un rastro de carcajadas mezcladas con los graznidos de Ariel.

—He soñado más de lo que he vivido —se dijo el pintor, apesadumbrado—. Debo reconstruir mi arte. La vida ya no importa tanto como mi arte.

Echó la cabeza a un lado, y entonces se concentró en el recuerdo de sus obras, mientras los dolores volvían a reconcentrarse en sus ateridas piernas.

Ah, aquella obra, *La belle Angèle*. Théo la había descrito como un retrato dispuesto encima de una tela, semejante a las gruesas cabezas en los crespones japoneses. Un busto dentro de su encuadre más el fondo. «Es una bretona sentada, las manos apretadas como en un sello, vestida de negro, delantal lila y una gorguera o cuello isabelino blanco; el cuadro es gris y el fondo de un bello azul lila, con flores rosadas y rojas.

La expresión de la cara y la actitud son un hallazgo. La mujer se parece un poco a una vaca joven, a una ternera, pero hay algo de tan fresco y además tan de la campiña que es muy agradable para la vista». Paul amaba esa descripción de Théo de uno de sus cuadros preferidos. Pero faltaba algo, la importancia de la influencia de las estampas japonesas de Hiroshige y Hokusai, del doble espacio creado a través de un círculo que aísla el retrato del resto del interior de la pieza.

Después estaba esa transformación de la bretona en auténtico ídolo exótico, como aquellas estatuillas peruanas, aunque agrandada. Y la presencia de las cerámicas peruanas que acentúan el gesto de emperatriz de la simple Madame Satre, la modelo. A la que no solo no le gustó el retrato, tampoco aceptó siquiera que se lo regalaran. ¡Tan fea se veía! ¡Uy, un espanto! Paul se echó a reír. Era, sin duda alguna, su obra más divertida.

—¡Qué horror! —gritó la madre de Madame Satre cuando vio el cuadro.

Paul rio con ganas mientras rememoraba la escena.

—Soy probablemente el único pintor que se ríe con los efectos que provoca su obra en los demás —farfulló, y un hilo de gruesa baba se descolgó de sus encías.

Había perdido otro diente.

Alguien abrió la puerta. Era otra vez Mette-Sophie. El arcángel Uriel había cumplido su promesa.

La mujer traía un trozo de hielo entre sus manos. De vez en cuando le pasaba la lengua.

—¿Cómo lo sabías, querida esposa, cómo supiste que extraño el invierno?

Paul jamás hubiera podido imaginar que sentiría nostalgia del invierno, de la insoportable frialdad de otros tiempos; pero esa pavorosa sensación de incandescencia que se expandía desde las llagas hacia el resto de su cuerpo le traía inclusive gratos recuerdos de sus paseos bajo la nieve, del brazo de Mette. En París o en Copenhague.

—¿Estás sediento, marido mío? —preguntó la silueta fantasmagórica.

Paul asintió, algo temeroso. Mette se aproximó a él, con una sonrisa deformada por la aflicción. Puso la piedra nevada encima del rostro de su marido. Apretó con todas sus fuerzas. Paul se debatió, pero no podía hacer nada para combatir la sana robustez de Mette-Sophie.

—Debes morir de una vez, Paul. Muérete de una buena vez —entendió que su mujer mascullaba.

Un poder, una fuerza mayor haló a la mujer por los cabellos. De un tirón liberó a Paul de morir ahogado con un témpano de nieve.

Marie-Rose Vaeoho lo contempló desde la pureza de sus catorce años.

—Ella no es tu única esposa, y yo he venido a salvarte. No permitiré que te mate. Te queda mucho por vivir, nuestro hijo te necesita, Paul —acarició sus entrañas.

La joven lucía un vestido azul puro, como el azul de Van Gogh. Un encaje bordeaba el cuello, flores blancas en el largo pelo negro. Entre sus manos un mango. Peló el mango, el jugo corrió entre sus dedos. Llevó la fruta hasta los labios de Paul:

—Chupa, chupa este mango tan rico, padre, mi padre, mi esposo, mi amo —Vaeoho lloraba mientras pronunciaba esta especie de mantra, con suavidad, en una letanía adormecedora.

En una esquina se retorcía de dolor Mette-Sophie. Iba pariendo a sus hijos uno tras otro, en un parto bestial sólo probable en las alucinaciones de Paul. La sangre corría entre sus muslos, los niños emergían de su vulva como cachorros hambrientos.

—No la mires, no mires hacia ella —determinó Rose-Marie Vaeoho—. Mírame a mí.

Paul desvió las pupilas hacia Vaeoho la Espigada, como a él le gustaba llamarla. Aceptó el trozo de mango deshilachado que goteaba y que atrajo a su boca un sabor entre dulce y salado, semejante al sabor de la entrepierna de la joven cuando todavía era virgen.

—¿Te hice mucho daño, Vaeoho? —Absorbió enseguida el jugo del mango, lo saboreó—. Te ruego que me perdones, mi adorada *vahiné*.

—Es mi corazón, Paul, ¿no lo ves? Es mi corazón espachurrado como un mango —la adolescente dejó de lloriquear, su rostro palideció semejante a un mármol de Carrara.

El mango se había transformado en un corazón sanguinolento, del que goteaba una especie de gelatina rosada. Paul siguió chupando esa gelatina; ahora parpadeaba de placer.

—¿Por qué has perdido tu color marrón terroso, Vaeoho? —Paul se irguió del camastro, avanzó unos pasos hacia el lienzo sin terminar—. ¡Dámelo, dámelo! —ordenó airado.

Vaeoho corrió detrás de él. Entregó la víscera aún latiente y aguada en la masa gelatinosa. Paul la agarró con rudeza, comenzó a dar brochazos en el lienzo con el corazón reventado de su *vahiné*.

La muchacha fue arrastrándose como pudo hacia la escalera. Por ella rodó, casi sin vida. Murió en el acto encima del rocío mañanero que cubría el jardín.

La noche había transcurrido demasiado rápido, en un suspiro. En un latido.

El pintor gastó hasta el último fragmento del corazón de su amada niña en pintar sobre la tela. Contempló el resultado, manchas muy parecidas a aquellas sombras japonesas, tan rosadas y perfectas... También le evocaba el trazo de un hierro corroído sobre el pavimento...

Uriel reapareció, fresco y matinal, espléndido, y como de costumbre con su cuervo de cuerda al hombro:

—¿Satisfecho? ¿Bailaste con ellas?

—¿Recuerdas aquel Cristo verde que pinté hace años? ¿Por qué no consigo verlo más que en rojo, y no como lo pinté, en su color original?

—¿Satisfecho? ¿Has bailado? —Insistió el arcángel, y el cuervo repitió la pregunta con un graznido ruidoso.

—Nunca lo estuve, Uriel, ¿por qué quieres que lo esté ahora? Además, no me enviaste a Tehura, y te lo pedí. Tampoco a Pau'ura. ¡Mira si te lo pedí! Y no, no he bailado. Ni a dar un simple paso me atreví.

—Tehura está dentro de ti, Paul. Es tu inteligencia, y no la ves. Tehura es también la niña que viene a verte cada día, enviada por su padre para cuidarte. Llámala y ella emergerá de ti. O de Tierra Deliciosa, ese espectro con el que confundes a la chinita.

—¡No, no quiero! ¡No quiero tener que reclamar a nadie! ¡Tehura debiera estar aquí, como estuvieron las otras! ¡Como lo estás tú, y tu maldito cuervo! —enloqueció y se tiró arrodillado en la estera, a los pies del arcángel.

—Solo nómbrala, en el tono apropiado. Eso sí, ha de ser en el tono apropiado.

Uriel lo cargó en sus brazos. Pesaba menos que un comino, y respiraba con evidente dificultad. Condujo el cuerpo a la cama. Allí lo tendió con los brazos en cruz, arropándolo. Estaba gélido y de un tinte parduzco, como el cadáver en el que se convertiría en breve.

—¿Y Pau'ura?

—No, ella no vendrá. Tu pintura disolvió hasta su espíritu.

Uriel tarareó la antigua melodía mientras Paul soñaba que danzaba alrededor de una fogata, en pleno bosque, de madrugada.

CAPÍTULO XVII

A punto de partir hacia Tahití se enteró de la muerte de Vincent. Dijeron que un suicidio, muy en el género de su amigo, algo que deseaba hacía mucho, sin desearlo en el fondo; o sea, un acto contradictorio e irresponsable. La muerte de Vincent destrozó su interior, y escribió varias cartas anegado en lágrimas:

«Querido Odilon Redon,

me marcho a las Polinesias. Allí espero acabar mi existencia. Juzgo que mi arte, que usted ama, no es más que un germen, y allá espero cultivarlo para mí mismo, en un estado primitivo y salvaje. Gauguin ha terminado aquí, no tiene nada más que hacer acá. No se verá nada más de él. Como ve, soy egoísta…»

Firmó la misiva y comenzó otra, destinada a Bernard:

«Recibí la noticia de la muerte de Vincent y me siento contento de que usted estuviera en su entierro. Por muy triste que sea esta pérdida, me desconsuela poco, porque la preveía y conocía los sufrimientos de ese pobre muchacho luchando con su locura. Morir en este momento es de una gran felicidad para él, porque significa el final de sus padecimientos, y si volviera en otra vida, traerá el fruto de su hermosa conducta en este mundo. Se llevó con él la serenidad de no haber sido abandonado por su hermano, que tanto lo amó, y de haber sido comprendido por algunos artistas respetables. En este instante, pongo toda mi inteligencia artística en una suerte de reposo, y dormito; no estoy dispuesto a comprender nada».

Su gesto de franqueza en aquella confesión lo desplomó, y lloró con el rostro hundido entre las manos durante horas y días después. Había conocido por Théo que Vincent, en medio de sus arranques de lucidez, proyectaba a veces seguir a Paul, allá donde fuera. Aunque no estaba tan seguro de si Madagascar le fuese a agradar, pero tal vez Tonkin... No iba a permitir, insistía Théo, que su amigo Paul viajara en solitario. Recordar las palabras de Théo acerca del proyecto de Vincent lo afligía todavía más.

Dejó pasar los días, intentó ver a Théo. Pero Théo no solo no se había recuperado de la muerte de su hermano, además se había vuelto como loco. Había querido asesinar a su mujer y a su hijo. Él, tan sosegado. Empezó a sentirse mal físicamente, dejó de orinar, no comía, y la culpabilidad por la muerte de Vincent, la rabia, la violencia, lo minaron. Aterrado frente a la gran cantidad de obras que había dejado su querido hermano, escribió una carta donde cedía los cuadros a varios conocidos de su entera confianza. La crisis empezó en octubre; Théo no pudo sobrevivir, perdió la fuerza, su única fuerza. Esa fuerza era su hermano, Vincent Van Gogh. Théo vivía por Vincent, y en él. Murió el 25 de enero de 1891. Paul había tenido que posponer su viaje durante meses.

Gauguin no se repuso jamás de la pérdida de sus dos grandes amigos. Porque si Vincent fue el mayor amigo y el más grande genio creador que frecuentó y amó, Théo había sido como un padre, que jamás lo dejó en la estacada, y quien lo había conducido a conocer y amar al genio.

Fue Daniel de Monfreid, el pintor amigo de Shuff, quien tratando de hacer lo imposible para arrancarlo de su extrema melancolía, mientras Paul alquilaba una habitación en un hotel de la calle Delambre, le propuso que usara uno de sus estudios cerca del cementerio de Montparnasse, en la calle del Château. Y le presentó también a su prima de veinticuatro años, Juliette Huet.

Paul supo rápidamente persuadirla para que fuese su modelo. Juliette Huet entró en su pintura como una desvirgada y se fue de ella encinta y abandonada, cuando el pintor partió hacia Tahití.

—Perdóname, Juliette —rogó Paul, juntando las manos como en una oración piadosa.

La joven Juliette rompió cartas y quemó cuadros. No quería heredar nada que se pareciera a Paul

Gauguin, y sin embargo llevaba a su hijo en el vientre. No, Juliette no lo perdonaría jamás.

El pintor viajó a Copenhague para despedirse de su familia. Ansiaba llegar a Tahití. Olvidar. Empezar a vivir. Pintar. Olvidar.

Abrazó a Mette, después a sus hijos, a los que no había visto desde hacía mucho. Los niños habían crecido, convertidos ya en adolescentes; solo dos de ellos eran pequeños. Mette llevaba el pelo entrecano. No era para nada la mujer con la que él, gozoso, hacía el amor aunque ella lo rechazara y no respondiera de la misma manera. Ahora solo quedaba, frente a él, la madre. Una madre común. No, rectificó: la madre de sus hijos.

—¿Por qué a Tahití? —inquirió ella.

—Mette, da igual Tahití o cualquier otro lugar. Mi centro artístico está en mi mente, en mi cerebro, y no en otra parte. Tu silencio me extravió bastante más que mis necesidades pecuniarias —quiso ser gentil—. Te noto más hermosa, siempre los demás te han creído poco agraciada, en las fotografías no sales todo lo bella que eres al natural...

Mette volteó la cabeza hacia la ventana, jugueteó con la punta del chal entre sus dedos. Paul prosiguió:

—Alina, sin embargo, ha perdido un poco su gracia, con sus cabellos medio largos, o medio cortos, no se sabe bien. Debiera pelárselos bien cortos y dejarlos al rente hasta los quince años. Emil se ha vuelto como rígido. Parece un oficial danés, lo que me desagrada soberanamente...

—Sigues comportándote como un salvaje, no puedes controlar la bajeza de tus instintos —respondió ella, y entornó los párpados.

—Mette, cuando vaya a morir, sólo quisiera estar a tu lado y al de los niños —confesó de manera casi tragicómica.

—Paul, no te vas a morir. Tú no morirás nunca —Mette estalló en una soberbia carcajada, que al final terminó por contener entre sus manos.

—¿Qué harás con mi obra cuando muera?

Observó con detenimiento los labios de su esposa.

—Nada, Paul. Lo venderé todo, si es que valiese algo.

—Ahora eres tú la que respondes con salvajismo.

—Es bien conocido este dicho danés: a una patada, otra —Mette se levantó y abandonó como un bólido la estancia.

Quiso contarle que había sostenido una relación con Juliette Huet, que la había dejado embarazada, y que, en caso de que fuera una niña, Juliette la llamaría Germaine. Le iba a pedir como favor que se ocupara de Juliette y de su hijo o hija, por si a él le sucediera alguna desgracia. Pero, ¿estaría Mette-Sophie preparada para semejante anuncio? Ninguna mujer que ama a su marido, por muy separados que hubiesen estado, aceptaría jamás la existencia de otra en su vida. Además, Mette-Sophie, tal como le demostraba al instante, seguía siendo una desabrida y antipática maestrica de escuela, por encima del amor que sintiera o que sintió en el pasado por él.

Debía partir de inmediato. Comenzar de cero. Olvidar, pintar, olvidar, pintar. Vivir. Nada de esto valía la pena ya sin Vincent y sin Théo. Mette-Sophie y sus hijos jamás lo entenderían. Tal vez Aline, que era la que más se le parecía, y la que con mayor celo lo atendía. Pero, ¿qué sentido tenía embarcar a su hija en esa aventura? «¿Los hijos? Somos responsables de ellos hasta que un día nos miran con un aire diferente, distante, y ahí mismo nos damos cuenta, no sin cierto dolor, que ni siquiera nos están prestando atención, que tampoco lo ocultan, y que ansían que acabemos de una vez y por todas de preocuparnos por su existencia; porque en lo único que piensan es en huir bien lejos de nosotros», le comentó en una ocasión un simpático parroquiano de San Trófimo en Arles, al que visitaba a menudo, en el café donde Vincent y él bebían absenta hasta bien entrada la madrugada.

No hablaría con Mette-Sophie de Juliette, y tampoco a Aline le explicaría que, con toda probabilidad, tendría en breve una media hermana o medio hermano. Lo mejor, lo más prudente, sería callar. Partir en silencio, de puntillas, como había hecho siempre de todas partes.

Mette reapareció de nuevo, de manera sorpresiva. Arrugaba su falda con las manos crispadas.

—Cuando te vayas no olvides dejar las llaves —le espetó de manera arisca. Esquivaba sus ojos.

—Volveré, Mette. No parto para siempre.

—No, tú nunca regresarás. Ni yo ni los niños deseamos que regreses —la notó más grosera que nunca.

—No podrás evitar mi cariño, no impedirás que

los ame y los extrañe, y que sienta deseos de volver a verlos.

¿Era eso que afirmaba de alguna real importancia a esas alturas de su vida y de su arte?

No, no lo era.

—Paul, siempre estaremos pendientes de ti —Mette forzó un gesto de simpatía hacia él sirviéndole otra taza de té, y abrevió el suspiro con una lapidaria frase—: No te perderemos de vista.

Abreviar. Lo que siempre hacen las mujeres en el momento en que menos aman o ya cesaron de amar.

Comprendió que solo quedaba partir. Viajar una vez más hacia lo desconocido tantas veces imaginado, y perseverar en el acto de olvidarse de todo y de todos. Borrar de su panorama caras y voces, tachar vivencias y experiencias, sombrear de un negro espeso las obsesiones. Renacer como un joven salvaje, aunque ya la juventud también empezara a alejarse del enfático frenesí de su cuerpo.

Aquel viaje sería el más largo. El definitivo.

CAPÍTULO XVIII

Allá a lo lejos se perfilaba la tierra, y Paul interpretó que el mar la penetraba insaciable, con un oleaje acompasado y electrizante. Oteó el paisaje y percibió el aroma húmedo de la floresta y la proximidad de los árboles.

Escribió en su cuaderno:

> «Desde hace 63 días estoy en camino y ardo ya en deseos de abordar la tierra añorada. El 8 de junio advertimos fuegos extraños que danzaban como en zigzag: pescadores. Sobre un sombrío cielo se desgajaba un cono negro festoneado de dentelladas. Bordeamos Morea para descubrir Tahití. Horas más tarde se anunciaba el temprano amanecer y nos aproximamos a los arrecifes de Tahití para entrar en el paso y tocar sin averías la ensenada marítima. Para alguien que ha viajado mucho, esa pequeña isla no posee, como la bahía de Río de Janeiro, un

aspecto bien feérico. Algunas puntas montañosas emergían después del diluvio, una familia subió allá arriba, en el tocón; los corales también emergieron desde el fondo, rodeando la nueva isla».

A poco de pisar suelo, y de relacionarse con los lugareños con los que se fue topando, se cortó el pelo, escribió a Mette-Sophie, y conoció a una muchacha mestiza tirando a blanconaza llamada Titi, de la que emanaba un poderoso aroma animal. Llevaba una flor en la oreja, collares de caracoles anaranjados al cuello y un sombrero de paja, y sonreía consciente de la soberbia blancura de sus dientes.

Titi vivió con él durante un tiempo, para marcharse de manera sorpresiva a explorar otras islas. Ese período en que vivió con ella lo transformó en un hombre despreocupado y alegre, jovial. Pero la muchacha se fue sin una palabra de adiós. Paul optó por la soledad, y sumido en un extraño desasosiego se refugió durante meses.

Fue una bellísima maorí de alrededor de cuarenta años quien se ofreció a conducirlo a Itia. Le habló de lo saludables que eran las muchachas de allá. Ella misma tenía una hija, a la que traería muy pronto. Pero Paul no pudo esperar y viajó con ella hasta Itia.

La tarde en que la conoció, entregada por su madre, vestía una bata de muselina transparente a través de la cual se divisaban sus hombros y brazos dorados; los pezones puntiagudos, como dos botones marrones. Su graciosa cara dibujó un mohín inteligente y sosegado. Era diferente a las otras, se dijo él.

El pelo copioso, crespo y largo. Al sol, la describió en una carta «como un órgano de cromos». Había nacido en Tonga.

—¿Cómo se llama?

—Teha'amana. Significa en maorí «esa que da la fuerza» —señaló la madre.

—Teha'amana, Tehora, Tehura... —susurró el hombre mientras la detallaba—. ¿Edad?

—Trece, recién cumplidos —la madre y ella intercambiaron miradas.

—¿No tienes miedo de mí?

—No —la chica sonrió a su madre.

—¿Querrías vivir en mi casa?

—Sí —frotó las yemas de sus dedos en un gesto algo maníaco.

—¿Nunca has estado enferma?

—No.

La presencia de la joven lo hechizaba y lo espantaba al mismo tiempo.

—Firmaremos un contrato que especifique que usted me la entrega, y que será mi *vahiné* —sugirió Paul. La mujer asintió, para luego añadir:

—Aunque, no decido yo sola por ella, también tiene padres adoptivos. El chino de la tienda y su mujer son sus padres adoptivos. Estarán de acuerdo y firmarán si yo se lo pido —aseguró sin titubeos.

A Paul le latió con fuerza el corazón ante la sublime magnificencia de diosa de Teha'amana. Una diosa, una diosa virgen. Suave y silenciosa.

Pero ahora ya no es el mismo corazón, y no late igual que cuando tuvo frente a él a la que sería su primera *vahiné*. Su fatigado y envejecido corazón bombea apenas, aletargándose.

—Chinita, chinita, ven aquí. No encuentro a Tehura, ¿dónde está? No la veo. Búscamela, te lo ruego. ¿Dónde has ido, chinita?

La chinita tampoco aparecía por ninguna parte. Nadie respondía a su súplica. Nadie estaría ahí para atender sus reclamos.

«Esta chiquita de seguro que se ha ido a jugar», pensó hastiado.

Intentó tomar el frasco de láudano, pero no lo halló en la mesa de noche.

—Tehura, Tehura...

El silencio invadió la habitación. Un silencio hosco proveniente de la negrura de la noche.

Teha'amana temía a los fantasmas; quizá esa era la razón por la que no se mostraba, porque temía de ella misma, convertida en una visión, en un espectro inventado por el delirio del artista.

Advirtió un leve ruido, como de alguien que abría la puerta con sumo cuidado.

—¿Eres tú?

—Sí, soy yo. ¿Quién si no?

—Chinita, ¿estás aquí?

—Sí, estoy contigo.

—¿Me llevarás al mar?

—Claro, Maestro. Allá lo esperan Tehura, Pau'ura y Vaeoho, Juliette, Mette-Sophie, sus hijos.

—¿Chinita, cómo te llamas? ¿Tierra Deliciosa?

—No me llamo Tierra Deliciosa, aunque me gusta que me llames así.

—¿Quién eres, quién es tu padre?

—Mi padre es el primo más joven de Cheng, el padre adoptivo de Tehura. ¿No lo recuerda?

El hombre asintió, desmadejado. Después, como si hablara consigo mismo, dijo:

—¿Sabes por qué llamé a este lugar La Casa del Placer? —ella se encogió de hombros, y él continuó—: Porque sabía que sería la Casa del Goce, del Deseo y del Placer, la casa que me haría feliz. Y me hizo feliz. Pero mira ahora, en lo que se ha convertido la Casa del Placer: en la Choza del Dolor, de la enfermedad y la muerte cercana. Estoy aterrado, niña… ¿Puedes acostarte encima de mí otra vez?

—No, hoy no. Iremos al mar. ¿No era ese su deseo?

Paul frunció los arrugados párpados, no podía más con ese peso en el pecho. Como si Teha'amana lo cabalgara una y otra vez, y presionara dañinamente sus costillas con los muslos, hasta cortarle la respiración.

—¿Has visto el mar hoy? —alcanzó a preguntar en un hilillo de voz.

—He ido a la playa muy temprano. Vi nadar y saltar a los delfines. A lo lejos, rielaba una embarcación. Corrí por encima de las rocas con los pies descalzos, y luego abordé la arena. En cuanto empezó a picarme la piel por el sol, regresé atravesando el sendero que tú me enseñaste, el más corto y de mayor verdor. Allí, en ese abrevadero, fue donde me llamaste por primera vez con el nombre de uno de tus cuadros. ¡Tierra Deliciosa! Nunca te acuerdas de mi nombre verdadero. Lo olvidas todo. ¿Por qué lo olvidas todo? Mi nombre es Xia. En chino significa 'resplandor de la puesta del sol'... —Paul agitaba la mano en el aire, intentaba pintar la descripción que le hacía Xia; por fin su mano cayó a un lado, inerte—. Ahora te dejo, Maestro, debo ir a ayudar a mi padre. Pero volveré pronto... ¿Te has quedado dormido? Siempre te quedas dormido mientras converso contigo. No duermas demasiado, que me asusto. Sonríe, Maestro. Sí, en los sueños es bueno sonreír.

Epílogo

Aunque los finales parezcan abruptos, pocas veces lo son realmente. Los sueños y los viajes se encargan casi siempre de extenderlos en una especie de estela infinita, vibrante entre la irrealidad y el deseo.

En medio de una soleada mañana, tras vivir uno de esos espléndidos amaneceres de Atuona, en Hiva Oa, llegué donde se alzaba la majestuosa entrada, pulida y repujada por la mano de Paul Gauguin. No hacía tanto calor, sin embargo, como habían pronosticado.

A un lado se hallaba una escultura titulada *El padre Paillard*, cuyos rasgos guardaban un gran parecido con los del Obispo Martín; del otro lado Thérèse, una marquesina casi desnuda que había sido la más fiel criada del religioso, y quién sabe si algo más que una sirvienta. Faltaba la tinaja con la que cualquier visitante podía saciar su sed etílica.

Atravesé el umbral y una especie de luz irisada fue bañándolo todo a mi paso. Entonces reparé en cada uno de los objetos que conocía de memoria: los bocetos, los documentos ahora tan bien ordenados, los pinceles, lienzos sin terminar o sin empezar, ni siquiera tocados... La vastedad trashumante del artista.

Dirigí la mirada al lecho. Todavía se apreciaba —o yo quise apreciarla— como una especie de hendidura donde su cuerpo pudo haber gozado, aunque también padecido los más atroces y solitarios dolores. Aunque no diría solitarios, no tanto. Ahí, a su vera, había estado Xia, para dedicarle un puñado de palabras que lo aliviaran, que le hicieran olvidar siquiera por un momento lo enfermo que se encontraba. Moribundo, aunque todavía creativo y anhelante.

Ahora yo, la nieta de Xia, visitaba por fin los predios de Paul Gauguin. Ponía los pies por primera vez en lo que había sido la Casa del Goce, la Casa del Orgasmo, la Casa del Placer. En donde tantas veces el pintor había sido feliz junto a sus *vahinés*, sus amantes ocasionales, sus niñas. Y también, y por encima de todo, en donde había pintado y esculpido gran parte de su obra. Todo en esa casa era obra suya, fruto de su innegable inspiración.

La Casa del Placer contenía los mejores y más entrañables momentos de su existencia, y los del recuerdo. También los más dolorosos de su enfermedad y muerte. Y lo más puro de su espíritu. Aquí, aquel banquero devenido pintor había sembrado lo más valioso que posee un ser humano: su verdad como creador y su libertad.

—¿Desea que le haga una visita guiada explicándole detalle a detalle...? —preguntó la persona que se encargaba del recinto, una especie de cicerone individual, bastante joven y delgaducha, que me habían asignado.

—No hace falta, muchas gracias.

¿Cómo explicarle que yo conocía casi todo al dedillo de aquel recinto porque mi abuela, aquella chinita adolescente que otrora visitaba al artista, me lo había desmenuzado pieza por pieza, cuento a cuento, en cada una de las noches de mi infancia?

—Disculpe, ¿no falta aquí una esterilla color hueso, es decir, de color marfil envejecido? —Pregunté a la altura del espacio que había servido de cocina.

—En efecto, pero hemos tenido que enviarla al departamento de Restauración, pues se encontraba en muy mal estado. Temíamos que se deshiciera al paso de los visitantes.

—La restaurarán idéntica, supongo…

—*Oui, Madame, bien sûr…* Será la misma, esto es, la pieza original.

—¿Y viene mucha gente aquí?

Negó con la cabeza, con uno de esos graciosos mohines de las muchachas autóctonas, serviles.

—No, ahora no viene nadie, o muy poca gente. Es que en la actualidad no está abierto al gran público.

—La casa no es la original… —susurré titubeante.

—Sí, claro que lo es. Además, en el año 2000, el alcalde de Atuona, Monsieur Guy Rauzy, encontró en un desván, no muy lejos de aquí, otros tesoros pertenecientes a Gauguin, incluidos cuatro de sus dientes, que fueron debidamente analizados.

Sonreí sin saber muy bien por qué, pues aquel descubrimiento no tenía nada de divertido. ¡Cuatro de sus dientes, «debidamente analizados»! Por Dios...

Había viajado con el deseo de hallar algo más cercano a mí, algo muy concreto, y no eran precisamente esos cuatro dientes. Busqué con la mirada en cada uno de los escondrijos de la cocina, en cada rincón y recoveco de la casa. No lo hallé.

—¿Necesita quedarse más tiempo? —Me pareció que la joven hacía notar un poco de impaciencia.

—¿Posee alguna lista de los objetos que han encontrado recientemente? —inquirí, sin demasiada esperanza.

—Por supuesto.

A continuación se dirigió a una especie de bargueño, abrió la gaveta y extrajo unos pliegos mecanografiados. Me los extendió.

Leí atenta.

—... «Vasija redondeada, color rosa pálido, con inscripciones en chino»... ¿Podría enseñármela, por favor?

—Lo siento. Ese punto al lado en color rojo indica que se encuentra en estudio, en laboratorio, pues se desconoce su origen —la joven sopló el flequillo, que le cruzó el rostro.

—Es probable que yo les pueda comentar acerca de su origen. Se trata de la vasija que mi abuela, Xia, la hija menor del chino del mercado, el señor Cheng, traía cada día con sopas que cocinaba su padre para que Gauguin se alimentara mejor.

—¿De verdad? Pues eso es importante; debiera usted escribirlo y hacerlo notar, enviarlo por carta a las autoridades correspondientes. Le daré los datos. Es una información privilegiada.

La joven empezó a observarme de otra manera, más curiosa, diría que hasta afectiva.

Al rato hice un gesto, una especie de breve reverencia de agradecimiento, e indiqué que mi visita había terminado. Ella me entregó una tarjetita con los datos impresos a donde debía dirigir mis observaciones y la información sobre la vasija china.

—¿Desea que la acompañe a otro sitio, *Madame*?

—Quisiera andar por el Camino de La Chinita, rebautizado posteriormente como la Vereda de Tierra Deliciosa. Por ahí iré hacia la playa donde se bañaban desnudas las adolescentes y donde entonaban canciones dedicadas al pintor... —desvarié en voz alta.

—Puedo caminar con usted, no sea que vaya a perderse —musitó mientras cerraba la puerta.

—Gracias, pero mi abuela me describió ese trayecto tantas veces que estoy segura de que podría encontrarlo con los ojos vendados.

—¿Vive aún su abuela? A nosotros nos había llegado alguna información sobre su existencia. Es cierto que, disculpe, no le dimos demasiado crédito...

—No pasa nada. Qué va, murió hace años —hice una pausa, suspiré—. Tras la muerte de Paul, como ella lo llamaba cariñosamente, Xia fue enviada por su padre a otro país, junto a unos tíos en Nueva York. Después, con los años, el resto de la familia se unió a ella.

Avanzamos juntas un buen trecho.

—¿Nació usted en Nueva York?

Sus ojos negros refulgieron al sol como dos azabaches.

—No, yo nací en La Habana, en Cuba. Pero esa es otra historia.

Estreché su mano y nos despedimos, con la promesa de que volveríamos a vernos en un viaje posterior.

Mi instinto me condujo sin equivocación posible a la orilla de la playa donde suponía que Xia había posado, mientras correteaba desnuda, para el pintor de los verdes terrosos.

No tengo idea de cuánto tiempo estuve contemplando el vasto océano, de un plateado inverosímil. Al rato recogí puñados de arena, y al regreso, por el camino, otros tantos puñados de tierra. Lo mezclé todo en una bolsa de plástico. Sentí unas ganas enormes de hacer algo con aquello, de espolvorearlo encima de un lienzo, sobre uno de mis paisajes campestres.

De repente, extrañé la pintura. Hacía años que me había ido retirando de ella, de manera pudorosa, para tan solo escribir sobre su influjo. Me dije a mí misma que volvería a pintar, que trataría de volver a servir a la pintura como la gran Diosa que es.

En nombre de Paul Gauguin.

Nota aclaratoria

Esta novela surgió de mi amor y admiración por la obra pintada, esculpida y escrita por Paul Gauguin. También de mis lecturas acerca de ella, y de una exhaustiva investigación que realicé para un trabajo con el Museo del Grand-Palais y la Editorial RMN France, antes y durante la Exposición 'Gauguin l'alchimiste'.

Los últimos días de Gauguin me intrigaron más aún que su propia vida, pero esos instantes de dolorosa agonía me condujeron a imaginar los recuerdos de existencia y obra que lo atormentaron hasta el final. Esta es una novela sobre el deseo y la enfermedad en el crepúsculo de un artista, y sobre la alegría de la creación y del amor. También acerca del único viaje para el que nadie o muy pocos se preparan: el de la muerte.

Un escritor no debiera juzgar comportamientos. Su papel es el de situar a los personajes de la historia que narra en la imaginación de los lectores, tal como su ilusión los ha creado. Paul Gauguin no era un hombre perfecto. Tampoco lo habrían sido, para la mirada de la actualidad, Charles Chaplin cuando se casó con Oona O'Neill siendo ella una adolescente, ni Gabriel García Márquez cuando lo hizo con su esposa y escribió mucho más tarde *Memoria de mis putas tristes*; y mucho menos Lewis Carroll con su *Alicia en el País de las Maravillas*, a cuyo modelo real, Alicia Liddel, el autor (escritor y matemático) no se cansó de fotografiar hasta que creció.

La historia está llena de casos muy similares: grandes artistas y escritores que hicieron de sus vidas la inspiración para sus magníficas obras de arte, apartando u obviando cualquier inquietud relacionada con los presuntos juicios morales que pudieran hacerse *a posteriori* sobre ellos.

ZOÉ VALDÉS

Zoé Valdés (fotografía de Sonia Pérez).

La escritura de esta novela dio comienzo en París el 7 de junio de 2018, día del nacimiento de Paul Gauguin en su 170 aniversario.